www.ingramcontent.com/pod-product-compliance
Lightning Source LLC
LaVergne TN
LVHW050819051026
849532LV00008B/3025
9789358728552

جاناں کا مقتل

(ناولٹ)

الیاس سیتاپوری

© Ilyas Sitapuri
JaanaN ka Maqtal *(Novelette)*
by: Ilyas Sitapuri
Edition: October '2025
Publisher :
Taemeer Publications LLC (Michigan, USA / Hyderabad, India)

ISBN 978-93-5872-855-2
9 789358 728552

کتاب	:	**جاناں کا مقتل** (ناولٹ)
مصنف	:	**الیاس سیتاپوری**
صنف	:	تاریخی فکشن
ناشر	:	تعمیر پبلی کیشنز (حیدرآباد، انڈیا)
سالِ اشاعت	:	۲۰۲۵ء
صفحات	:	۶۰
سرورق ڈیزائن	:	تعمیر ویب ڈیزائن

سکندر لودھی کا انتقال ہوا تو اس کی جگہ اس کے بیٹے ابراہیم لودھی نے اقتدار سنبھالا، ابراہیم لودھی اپنے بھائیوں میں سب سے بڑا تھا۔ سکندر لودھی کے زمانے تک افغانوں کو بڑا عروج و اقبال حاصل رہا لیکن اس کے جانشین نے انھیں اُن کے حقوق اور اعزاز سے یکسر محروم کر دیا۔ اشکی، غیر معمولی انا کا خوگر اور ظالم ابراہیم لودھی اُن سے ایسے سلوک کرنے لگا کہ اُن کے دلوں میں نفرتیں اور کدورتیں جمع ہونے لگیں۔ وہ امرا جو قصرِ حکومت کے ستون کہلاتے تھے، ابراہیم لودھی کے نظر میں محض معمولی خدمتگار رہ گئے تھے، اور سیاست و تدبر کے وہ بڑے لوگ جن کی فراست پر نظم و نسق ریاست کا دار و مدار تھا۔ اب صرف حاشیہ نشین تصور کئے جانے لگے تھے۔ بڑے بڑے امرا جو کل تک بادشاہ کے اِرد گرد دو پیش دو زانو بیٹھا کرتے تھے۔ اب اُنھیں یہ حکم ملا تھا کہ وہ بادشاہ سے دس قدم دُور ادب سے کھڑے رہا کریں۔ بات اگر یہیں تک رہتی تو شاید قدر سے غنیمت سمجھی جاتی لیکن نئے بادشاہ نے اپنے رشتے داروں اور عزیزوں تک کو معاف نہیں کیا، اس نے بڑے بڑے امرا اور عزیز رشتے داروں کے نام ایک فرمان جاری کر دیا جس کا مفہوم تھا ہم فرماں روائے وہند، ابراہیم لودھی صاف صاف الفاظ میں اعلان کرتے ہیں کہ ہمارا کوئی رشتے دار نہیں اور اگر بفرض کسی سے کوئی رشتے داری بھی ہے تو اُسے یہ سمجھ لینا چاہیے۔ کہ وہ بھی بادشاہ کا نوکر ہے اور کسی نوکر کو یہ زیب نہیں دیتا کہ وہ اپنی حیثیت کو ایک لمحے کیلئے بھی اپنے ذہن سے نکالے۔

اس فرمان اور اس اعلان نے افغان امرا اور لودھی قرابت داروں میں انتشار اور بے چینی پیدا کر دی۔

تمام امراء ابراہیم لودھی کے رو برو ادب سے نیچی نگاہیں کئے کھڑے تھے اُن میں سے اچانک ایک نوجوان اپنی صف سے نکل کر شاہانہ انداز میں ابراہیم لودھی کی طرف بڑھا اور جا کے اس کے برابر بیٹھ گیا۔ دربار میں ایک ہیجان پیدا ہو گیا۔ اُمراء بادشاہ کے حکم کے منتظر تھے۔ ابراہیم لودھی کھڑا ہو گیا۔ اور اس نے اس بے باک نوجوان کو گریبان سے پکڑ کر کھڑا کر دیا اور اس کا چہرہ اپنے رُو برو کر کے دریافت کیا: "تُو کون ہے اور تیرا اس گستاخی سے مطلب؟"

نوجوان نے نہایت سکون سے جواب دیا: "مجھے محبت خان موجی کہتے ہیں اور پورا دربار جانتا ہے کہ میں ہیبت خاں کا بیٹا ہوں، وہ ہیبت خان جس نے لودھی خاندان پر اپنی جان قربان کر دی اور اس کی جگہ میں نے اس دربار میں یہ مرتبہ حاصل کیا"

ابراہیم لودھی نے ترش روئی سے کہا: "اس ناقابل تلافی جسارت کا مقصد؟"

محبت خان نے جواب دیا: "میں پٹھانوں کی بے عزتی برداشت نہیں کر سکتا، بادشاہ کے روبرو ان کا اس طرح دست بستہ کھڑا ہونا افغان امراء کی بے عزتی ہے۔ معلوم نہیں یہ کیسے افغان ہیں جو اس بے غیرتی کو انگیز کرنے پر آمادہ ہو گئے۔ ورنہ جہاں تک میری ذات کا تعلق ہے میں یہ سب برداشت نہیں کر سکتا۔"

پورے دربار پر سناٹا طاری تھا۔ امراء کی غیرت انھیں بے چین کر رہی تھی اور وہ کندھے اُچکانے، ہاتھ پیروں کو ہلانے اور پلکیں جھپکانے پر مجبور تھے، بادشاہ نے گریبان کو جھٹکا دیتے ہوئے دریافت کیا: "تُو جانتا ہے ہم اس کی کیا سزا دے سکتے ہیں؟"

محبت خان نے لاپرواہی سے جواب دیا: "زیادہ سے زیادہ قتل کی سزا، لیکن آپ بھی یہ بات ذہن نشین رکھیں کہ میں نے اپنے نام کے ساتھ لفظ "موجی" بھی لگا رکھا ہے جس کا مطلب یہ ہے کہ میں موت سے نہیں ڈرتا، آپ مجھے شوق سے قتل کرا دیں۔ لیکن میرا قتل افغان امراء اور آپ کے لودھی قرابت داروں میں بے چینی اور بغاوت کی روح پھونک دے گا، اور یہ آپ کی ذات اور آپ کی حکومت کے حق میں ایک بدترین فال ہو گی۔"

ابراہیم لودھی نے اُسے اُمراء کی طرف دھکیل دیا اور امراء کو حکم دیا۔

احمق کو زبردستی کھڑا رکھا جائے!"

امراء نے اُسے پکڑ لیا۔ محبت خاں نے آزادی کے لیے بڑی جدوجہد کی لیکن اُسے چھوڑا نہیں گیا۔ بادشاہ کا مارے غصے کے بُرا حال تھا۔ اُس نے جنون کی میں چیخ کر حکم دیا: اس کی جائیداد اور املاک کو بحق حکومت ضبط کر لیا جائے۔

محبت خان نے جوش میں جھٹکے دے کر چھڑانے کی کوشش کی اور چیخ "مجھے قتل کر دو، مجھے جان سے مار دو، مجھے ہلاک کر دو، میں بے غیرت بن کر زندہ نہیں رہنا چاہتا۔ مجھے مار دو، ہلاک کر دو۔"

اب ابراہیم لودھی شاید اس کے قتل کا حکم صادر کر دیتا لیکن اس وقت خان جہاں لوحانی نامی ایک امیر دو قدم آگے بڑھا اور چہرہ اوپر اُٹھا کے، بادشاہ کے قریب جانے کی اجازت طلب کی۔ بادشاہ نے اُسے قریب آجانے کا اشارہ کیا۔ خان جہاں لوحانی آہستہ آہستہ قدم اُٹھاتا بادشاہ کے قریب پہنچ گیا۔ اس نے بادشاہ کا سیدھا ہاتھ، ہاتھوں میں لے کر آنکھوں سے لگا کر بوسہ دیا اور آہستہ سے عرض کیا "جہاں پناہ کو بظاہر مشورے کی کوئی ضرورت نہیں لیکن پھر بھی محبت خان کے بارے میں ناچیز کے ذہن میں ایک ایسی تجویز آگئی ہے کہ شاید حضور بھی اُسے بے حد پسند فرمائیں۔"

ابراہیم لودھی غصے میں تھر تھر کانپ رہا تھا۔ اُس نے دانت پیستے ہوئے کہا: اس ناہنجار کی ناپاک جسارت اور احمقانہ جرأت کی سزا، قتل کے سوا کچھ اور نہیں ہو سکتی۔"

خان جہاں لوحانی نے ایک بار پھر بادشاہ کے سیدھے ہاتھ کی ہتھیلی کی پُشت کو بوسہ دیا اور عرض کیا، "خاکسار کچھ تنہائی میں عرض کرنا چاہتا ہے!"

بادشاہ نے حکم دیا: "تخلیہ!"

اور امراء اس طرح سمٹ کر نظروں سے اوجھل ہو گئے گویا وہ دربار میں تھے ہی نہیں۔ خان جہاں لوحانی نے مڑ کر ساری امراء کی خالی سنسان جگہ کو دیکھا۔ اور بادشاہ سے عرض کیا "حضور والا! محبت خان کی جسارت اور احمقانہ جرأت کی معمولی ترین سزا جو ہو سکتی ہے وہ قتل ہے لیکن وہ اس سے بڑی سزا کا مستحق ہے!"

"یعنی؟" بادشاہ نے حیرت سے پوری آنکھیں کھول دیں۔ "یعنی قتل سے بڑی سزا کیا ہو سکتی ہے؟"

خان جہاں لودھی نے عرض کیا۔ "حضور والا! افغانوں کو جو بدترین سزا دی جا سکتی ہے وہ ایک ایسی سزا ہے جو ایک افغان کو غیرت اور حمیت سے محروم کر دے۔"

بادشاہ نے کہا۔ "مجھ سے پہلیاں نہ بجھاؤ، بلکہ یہ بتاؤ کہ وہ کون سی سزا ہے جو افغان سے اس کی غیرت اور حمیت کو چھین لے؟"

خان جہاں نے کہا۔ "ان دنوں حاجی پور کی جاگیر مرحوم امیر کی نوجوان بیوہ بخشی بیگم کے زیر انتظام ہے۔ کہتے ہیں یہ بیوہ حسین ہونے کے ساتھ ساتھ بڑے عجیب وغریب خیالات کی مالک ہے۔"

بادشاہ نے قطع کلام کرتے ہوئے کہا۔ "خان جہاں! تم کیا کہنا چاہتے ہو؟"

خان جہاں نے آہستہ سے جواب دیا۔ "محبت خان کو جلا وطنی کا حکم سنا دیا جائے اور اسے صاف صاف یہ بتا دیا جائے کہ یہ جلا وطنی کا زمانہ حاجی پور میں گزارا جائے گا اور حضور والا! یہ سرکش نادان افغان اگر واقعی غیرت مند ہے تو حاجی پور کی بیوہ جاگیردار بخشی بیگم کی ملازمت سے کترائے گا اور اگر اس کی غیرت وحمیت بھی کاغذی پھولوں کی طرح خوشبو سے محروم ہے تب پھر اس جاگیردار بیوہ کی ملازمت میں چلے جانے کے بعد اس کی افغانی غیرت اور حمیت اس بُری طرح مجروح ہوگی کہ یہ کسی افغان امیر سے آنکھ تک نہ ملا سکے گا۔"

بادشاہ کچھ دیر سوچتا رہا پھر ہلکی سی مسکراہٹ نے چہرے کو نرم اور خوش اخلاق بنا دیا۔ اس نے پوچھا۔ "یہ بخشی بیگم کس قسم کی عورت ہے؟"

خان جہاں نے جواب دیا۔ "حضور والا! اس عورت کی جس خصوصیت اور خوبی سے ہمیں کام لینا ہے وہ یہ ہے کہ بخشی بیگم کسی ایک مرد سے محبت کرنے کی قائل نہیں ہے۔ سننے میں آیا ہے کہ وہ بیک وقت کئی کئی مردوں سے عشق کرنے کی قائل ہے۔ اس ناچیز کو یقین ہے کہ اگر محبت خان اس کے دربار میں پہنچ گیا تو بخشی بیگم اس سے محبت کرنے پر مجبور ہو جائے گی۔ اور یہ نوجوان بھی اس کی زلفوں کا اسیر ہو کر ایسی ایسی بے غیرتی کی حرکتیں کرے گا کہ بس مزہ آجائے گا۔"

بادشاہ کچھ دیر اس نرالی سزا پر غور کرتا رہا پھر کہا۔ "ہمیں تمہاری یہ سزا پسند آئی۔ تمام سبھوں کو دوبارہ دربار میں طلب کر کے محبت خان کو سزا سنا دو۔"

خان جہاں نے بادشاہ کی طرف سے تالی بجائی۔ تمام حاضر ہونے امرا کو دربار میں دوبارہ حاضری دینے کا حکم سنایا اور تھوڑی دیر میں دربار پھر آباد ہو گیا۔ خان جہاں نے بآواز بلند بادشاہ کا فرمان سنایا۔

"ایک بادشاہ کسی ملک کا صرف حکمراں ہی نہیں ہوتا بلکہ وہ اپنی رعایا کا باپ بھی ہوتا ہے۔ اسی نکتے کو ذہن میں رکھتے ہوئے بادشاہ نے محبت خان کو حکم دیا ہے کہ محبت خان فوراً آگرے کو چھوڑ دے اور حاجی پور کی جاگیر میں چلا جائے اور تا حکم ثانی وہیں موجود رہے۔"

محبت خان نے سکونِ دل سے اپنی سزا سنی اور کہا۔ "اگر میں یہ سزا تسلیم نہ کروں تو؟"

خان جہاں نے جواب دیا۔ "یہ تمہاری نادانی ہے۔ تم سزا کی نرمی پر غور کرو اور اسی وقت حاجی پور جاکے بخشی بیگم کی ملازمت کرلو۔"

محبت خان نے ترشی سے جواب دیا۔ "میں ایک عورت کی ملازمت نہیں قبول کر سکتا۔"

خان جہاں نے افسوس کرتے ہوئے کہا۔ "محبت خان! تمہاری نوعمری اور ناتجربہ کاری تمہیں کہیں کا بھی نہ رکھے گی۔ میں جو کچھ کہہ رہا ہوں تمہارے بھلے کو کہہ رہا ہوں۔"

محبت خان نے بادشاہ کو مخاطب کیا۔ "حضور والا! آج میں گھر سے یہ سوچ کر حاضر ہوا تھا کہ مجھے واپس نہیں آنا ہے۔ میں افغان امراء کی بے عزتی گوارا نہیں کر سکتا۔ مغل افواج ہندوستان کے دروازوں پر کھڑی ہیں، افغان اتحاد اور اتفاق سے محروم ہو چکے ہیں، جہاں پناہ اپنی انا اور غرور کے شکار ہو چکے ہیں۔ میں نے کوشش کی تھی کہ دربار میں غیر معمولی جرأت و جسارت کا قدم اٹھا کے افغان امراء میں غیرت کو بیدار کردوں اور جہاں پناہ کے غرور کو پاش پاش کردوں لیکن اس کا جو نتیجہ نکلا وہ بے حد افسوس ناک ہے۔ افغان امراء بدستور جمود کے تحت بے غیرتی سے کھڑے تماشہ دیکھ رہے ہیں اور میرا ساتھ دینے کو تیار نہیں۔ اکیلا چنا بھاڑ نہیں پھوڑ سکتا۔" پھر نہایت دکھ سے گردن جھکا لی لیکن بولا۔ "اگر مجھے یہ یقین ہو جاتے کہ میری جان کی قربانی افغان امراء کے مرض بزدلی اور آزار بے غیرتی کو دور کر دے گی تو میں اپنی جان دینے کو بھی تیار ہوں، لیکن میں جانتا ہوں کہ ہمارا مرض اپنے آخری درجے میں ہے اور یہ جان لے کر ہی ٹلے گا۔" پھر خان جہاں سے کہا۔ "میں بخشی بیگم کی جاگیر میں جانے کو تیار ہوں، ابھی اسی وقت!"

خان جہاں نے بادشاہ کی ایما پر بخشی بیگم کے نام ایک فرمان جاری کیا۔ جس میں حاجی پور کی بیوہ کو حکم دیا گیا تھا کہ "لودھی دربار کا محبت خان اس کے پاس آرہا ہے اور یہ اس وقت تک وہیں رہے گا جب تک لودھی دربار اس کے نام کوئی دوسرا فرمان جاری نہیں کرتا۔"

محبت خان کے جاتے ہی بادشاہ کے آدمیوں نے محبت خان کی جائداد اور املاک پر قبضہ کر لیا۔ اس کی ماں قید خانے میں ڈال دی گئی اور بہن کو کسی درباری امیر کے حوالے کر دیا گیا۔ باپ کا پہلے ہی انتقال ہو چکا تھا۔ یہ سب کچھ اس وقت ہوا جب محبت خان آگرے سے دُور حاجی پور کے قریب پہنچ چکا تھا۔

پُر پیچ پہاڑیوں کے سب سے بلند حصے میں حاجی پور کا قلعہ میلوں دُور سے صاف نظر آ رہا تھا۔ محبت خان نے دھوپ کی تمازت سے اپنی آنکھیں کسی حد تک بھینچ رکھی تھیں۔ اس نے اپنے گھوڑے کی رفتار ذرا تیز کر دی اور پہاڑی سلسلے میں داخل ہو گیا۔ پتلے پتلے بل کھاتے راستوں کے ایک طرف تو پہاڑیاں سر اٹھائے کھڑی تھیں اور دوسری طرف گہرے کھڈ منہ کھولے موجود تھے۔ کہیں کہیں مسطح سبزہ زار بھی نظر آتے۔ ان سبزہ زاروں میں مویشیوں کے ریوڑ اپنی دُموں کو ہلا ہلا کر اور جسموں کو تھرتھرا کر چرنے میں مشغول تھے، کوئی جانور مستی میں آتا تو دوسرے کے پیٹ سے اپنا سر لگا کر اسے دھکیلنے لگتا اور وہ جانور خود کو سنبھالنے کی کوشش میں پھسل پھسل کر سنبھل جاتا۔ کچھ جانور تو سایہ دار درختوں کے سائے میں بیٹھ کر جگالی کر رہے تھے۔ مویشیوں کے رکھوالے کا کہیں پتہ نہ تھا۔ محبت خان نے گھوڑے کی رفتار سست کر دی اور سنبھل سنبھل کر اوپر چڑھنے لگا۔ کچھ ہی دیر بعد چند گھڑ سوار گھوڑوں کو سرپٹ بھگاتے نمودار ہوئے اور انہوں نے آتے ہی محبت خان کو اپنے گھیرے میں لے لیا، انہوں نے تلواریں سونت رکھی تھیں۔ محبت خان بھی کسی سے کم نہیں تھا، اس نے بھی تلوار سونت لی۔ ایک سوار ذرا آگے بڑھا اور محبت خان سے سوال کیا۔ "قاصد یا کچھ اور؟"

محبت خان نے جواب دیا۔ "قاصد نہیں لودھی دربار کا معتوب اور جلا وطن۔ میں قلعے کی بیوہ سے ملنا چاہتا ہوں۔"

سوار نے دریافت کیا۔ "جلا وطنی کے لئے تم نے حاجی پور ہی کو کیوں پسند کیا؟"

محبت خان نے جواب دیا۔ "جلا وطنی کے لئے بادشاہ نے خود ہی حاجی پور کو نامزد کیا ہے!"

اس کے بعد اس نے ابراہیم لودھی کا فرمان اس سوار کے سامنے پیش کر دیا۔

فرمان پڑھ چکنے کے بعد سوار گھوڑے سے نیچے اتر پڑا اور محبت خان کو بھی نیچے اتار لیا۔

اس نے محبت خان کو اپنے گلے سے لگا لیا اور مسکراتا ہوا بولا۔ "یہ سزا یقیناً خان جہاں لودھی نے تجویز کی ہوگی؟"

محبت خان نے سرسری انداز میں جواب دیا "ہاں۔ بس وہی ایک ہم افغان امراء کا ہمدرد باقی رہ گیا ہے ورنہ سبھی نفسانفسی کے شکار ہو چکے ہیں۔"

سوار نے خان جہاں کا مذاق اڑایا، بولا "نوجوان دوست تم خان جہاں کو نہیں سمجھ سکتے وہ بڑا چالاک امیر ہے، کچھ عرصہ پہلے اس نے ہی مجھے بھی حاجی پور روانہ کیا تھا۔ حاجی پور غیرت مند اور خود دار افغانوں کی آزمائش گاہ ہے۔"

"وہ کس طرح؟" محبت خان نے سوال کیا۔

سوار نے خلوص سے محبت خان کا کندھا تھپتھپایا اور اپنے گھوڑے کی طرف جاتا ہوا بولا "اب اپنے گھوڑے پر سوار ہو جاؤ قلعے میں چل کر باتیں ہوں گی۔"

محبت خان اپنے گھوڑے پر سوار ہو گیا اور سوار کی طرف منہ پھیر کے دریافت کیا "تمہیں میری آمد کا پتہ کس طرح چلا؟"

سوار نے جواب دیا "گڈریئے سے۔ یہ گڈریا دونوں ہی کام انجام دیتا ہے اپنے ریوڑ کی گلہ بانی بھی اور جاسوسی بھی۔" پھر سوال کیا "کیا تمہیں یہ جگہ اچھی لگ رہی ہے؟"

محبت خان نے جواب دیا "ویسے مناظر کے اعتبار سے تو اچھی جگہ ہے۔ یوں ابھی کچھ کہنا فضول ہے!"

سوار نے اپنے ساتھیوں کو چلنے کا اشارہ کیا اور سبھی ایک ساتھ چل پڑے کچھ دیر خاموش رہنے کے بعد سوار نے کہا "تم نے اپنا کیا نام بتایا تھا؟"

محبت خان نے جواب دیا "محبت خان موجی!"

"محبت خان موجی!" سوار ہنس دیا "یہ موجی کا کیا مطلب ہے؟"

محبت خان نے ہنس کر جواب دیا "محبت خان تو میرا نام ہے لیکن میں نے اپنے نام میں موجی کا اضافہ یوں کر لیا ہے کہ میرے مزاج میں موجی پن بہت ہے کبھی کبھی جب طبیعت موج میں آتی ہے تو میں کسی بھی کام کے پیچھے جن کی طرح لگ جاتا ہوں اور جب کبھی طبیعت اچاٹ ہو جاتی ہے تو پھر ہفتوں بے کار رہ کے گزار دیتا ہوں۔ میں نے کہا نہیں کہ میں ذرا موجی واقع ہوا ہوں، اس لئے نام کے ساتھ لفظ موجی کا اضافہ کر دیا!"

"خوب!" سوار ہنسنے لگا "ویسے میرا نام شادی خان ہے۔" پھر ہنس کر بولا "میں تمہاری طرح موجی تو نہیں ہوں لیکن ہر وقت خوش ضرور رہنا چاہتا ہوں اور بڑے سے بڑا صدمہ ہنسی خوشی برداشت کر جاتا ہوں۔"

محبت خان کی نظریں سرخ پتھروں والے حاجی پور کے قلعے پر لگی ہوئی تھیں۔ اس نے بے خیالی میں کہا۔" خوب۔ نام تو تمہارا بھی بہت اچھا ہے۔" پھر کچھ سوچ کر ایک غیر متوقع سا سوال کر دیا۔" یہ حاجی پور کی بیوہ بخشی بیگم کیسی عورت ہے؟"

شادی خان کے گویا کان کھڑے ہو گئے۔ بولا۔" اچھی عورت ہے۔ کیوں؟ اس سوال سے تمہارا مقصد؟"

محبت خان نے کہا۔" بھائی شادی خان! معلوم نہیں مجھے حاجی پور میں کتنے عرصے تک رہنا پڑے اور یہاں واسطہ اس خاتون سے پڑے گا۔ بس یہی سوچ رہا تھا کہ معلوم نہیں یہ کیسی عورت ہے؟"

شادی خان نے کہا۔" ویسے عورت تو بہت اچھی ہے لیکن ذرا اکل کھری ضرور ہے طبیعت میں بے مروتی بہت زیادہ ہے۔"

محبت خان کو اس کی باتوں سے ایسا لگ رہا تھا جیسے وہ کچھ چھپا رہا ہے شادی خان بولتا رہا۔" میرے دوست! یہ بات ہمیشہ یاد رکھنا کہ خان جہاں جس امیر کو بھی حاجی پور بھیجتا ہے اس کا بس ایک ہی مقصد ہوتا ہے وہ یہ کہ اس امیر کو اس بے مروت اور اکل کھری عورت کے ہاتھوں ذلیل و خوار کیا جاتے۔"

محبت خان نے اکھڑ افغان کی طرح کہا۔" میں کسی عورت کا رعب داب ماننے سے رہا۔ میں تو یہ جانتا ہوں کہ اگر اس نے مجھے ذلیل کرنے کی کوشش کی تو میں اس کے دو ٹکڑے کر کے قصہ ہی پاک کر دوں گا۔"

شادی خان کے چہرے کا رنگ بدل گیا، ناگوار لہجے میں بولا۔" ایسا کبھی غضب بھی نہ کرنا۔ بخشی بیگم کے پاس پانچ ہزار جیالے ملازم ہیں جن میں کا ایک میں بھی ہوں، وہ تمہاری تکا بوٹی کر ڈالیں گے۔"

محبت خان نے بے نیازی سے جواب دیا۔" بعد میں کچھ بھی ہو، مجھے اس کی کوئی پرواہ نہیں لیکن میں کسی عورت کے رعب داب میں آنے سے رہا۔"

شادی خان نے کہا۔" بس تم ذرا دور رہنے کی کوشش کرنا، باقی میں سنبھال لوں گا تم یہ کوشش بھی کرتے رہنا کہ کسی طرح تمہاری جلاوطنی ختم ہو جاتے۔"

محبت خان نے شادی خان کے چہرے کا گہری نظروں سے جائزہ لیا اور اسے یہ شبہ گزرا کہ شادی خان کچھ نہ کچھ اس سے چھپا رہا ہے۔ اس نے پوچھا۔" بخشی بیگم میرے سپرد کیا کام کرے گی؟"

شادی خان نے کہا۔ "تمہاری ذمّہ داری میں قبول کر لوں گا اس کا یہ مطلب ہوگا کہ تم اس خود دماغ کے سامنے جانے سے بچ جاؤ گے!"

محبت خان نے کہا۔ "نہیں۔ میں اس سے ضرور ملوں گا اور اسے راہ راست پر لانے کی کوشش کروں گا۔"

شادی خان نے غصّے میں کہا۔ "تم احمق ہو۔ میری بات مانتے کیوں نہیں ہو؟"

"میری اپنی ایک شخصیت ہے، میرا اپنا ایک کردار ہے۔ پھر میں تمہاری بات کس طرح مان لوں؟"

شادی خان نے تیز تیز نظروں سے محبت خان کو گھورا اور پھر گھوڑے کی رفتار تیز کر دی۔

جب ان کے سائے اپنے قدموں تلے آنے لگے اس وقت وہ قلعے کے سامنے پہنچ چکے تھے۔ انہیں مرکزی پھاٹک پر روکا نہیں گیا۔ یہ سب گھوڑے دوڑاتے ہوئے پھاٹک میں داخل ہو گئے۔ اور نصف فرلانگ طے کرنے کے بعد داہنی طرف محلات بنے ہوتے تھے انہیں میں سے ایک پُر تکلف محل میں بخشی بیگم رہ رہی تھی۔ بخشی بیگم کے محل سے ہزار قدم دُور ایک دوسری عمارت موجود تھی۔ یہ حاجی پور کا مہمان خانہ تھا۔ شادی خان نے اسے مہمان خانے میں ٹھہرا دیا اور خود اِدھر اُدھر گھومنے لگا۔

مہمان خانے کی روٹیاں کھاتے کھاتے محبت خان اُکتا گیا اور اسے شرم سی آنے لگی اس نے روٹیاں لانے والے کو اپنے اعتماد میں لینے کی کوشش کی۔ بولا "بڑے صاحب! کیا میں تمہاری مالکہ سے بھی مل سکتا ہوں؟"

اس نے جواب دیا۔ "کیوں نہیں۔ کیوں نہیں۔ میں تمہارا پیغام ان تک پہنچا دوں گا۔"

محبت خان نے سونے کا ایک سکّہ اپنی جیب سے نکالا اور اسے روٹی والے کی طرف بڑھا دیا۔ بولا "تم مجھے اپنی مالکہ سے ملوا دو، میں یہ سونے کا سکہ تمہیں نذر کرنے کو تیار ہوں۔"

روٹی والے نے جواب دیا "تم فکر نہ کرو، میں بہت جلد اس سے تمہاری ملاقات کرا دوں گا!"

اتنا کہہ کر وہ چلا گیا اور محبت خان اس ملاقات کی گھڑی کا بے چینی سے انتظار کرنے لگا۔

★ ★ ★

سورج ابھی سوا نیزے ہی چڑھا ہوگا کہ بخشی نے اُسے طلب کر لیا۔ دو مسلح سواروں نے اُسے آگے پیچھے سے گھیر لیا اور اسی طرح محاصرے میں لے کر بخشی کی ڈیوڑھی تک پہنچ گئے۔ وہاں محبت خان سے اُس کے ہتھیار لے لئے گئے اور وہ بالکل نہتا ہو کر ایک ایسے کمرے میں پہنچا دیا گیا۔ جس کے برابر والے کمرے کے دروازے پر ایک باریک کپڑے کا پردہ پڑا ہوا تھا اور دوسری طرف سرخ لباس میں ملبوس بخشی بیگم کی جھلک بھی دکھائی دینے لگی۔ جس قسم کا ماحول پیدا ہو گیا تھا اس سے محبت خان کچھ کچھ مرعوب ہو گیا۔ بخشی کے سپاہی ہتھیاروں سے لیس بار بار اُس کے کمرے میں آ جا رہے تھے بخشی بالکل پردے کے قریب آ گئی اور اُس نے سوال کیا۔ ”بادشاہ نے تمہیں معتوب کیوں کر دیا؟“

محبت خان نے بادشاہ کی شکایت کی۔ ”بیگم صاحبہ! بادشاہ نے افغان امراء اور سرداروں کو ذلیل کرنا شروع کر دیا ہے، وہ کہتا ہے اس کا کسی سے کبھی کوئی رشتہ نہیں، وہ بادشاہ ہے اور سب اس کے ملازم ہیں حالانکہ بیگم صاحبہ کو اچھی طرح معلوم ہوگا کہ جنت مکان فرماں روا تھے ہند حضرت سکندر لودھی کے عہد میں ایسا نہیں تھا اور امرا کو دربار میں اعزاز و اکرام سے بیٹھنے کی اجازت حاصل تھی، اب بادشاہ ہر ایک کو اپنے روبرو کھڑا رکھتا ہے۔“

بخشی نے تحکمانہ انداز میں کہا۔ ”کلام مختصر کیا جائے۔ میں طول طویل باتیں پسند نہیں کرتی۔“

محبت خان کی انا کو چوٹ لگی، غصے سے چہرہ سرخ ہو گیا، بولا۔ ”یہی صورتِ حال بادشاہ کے روبرو بھی پیش آ گئی تھی۔ ایک معزز پٹھان سب کچھ برداشت کر سکتا ہے لیکن اپنی بے عزتی برداشت نہیں کر سکتا۔ میں نے بادشاہ کے پندار اور تکبر کو توڑنے کے لئے گھس کے برابر بیٹھ جانے کی جسارت کی تھی جس کے عتاب میں مجھے حاجی پور بھیج دیا گیا۔“

بخشی غالباً ہنس رہی تھی۔ اُس کی رسیلی اور مترنم آواز فضا میں رس اور نغمے بکھیرنے لگی، وہ کہہ رہی تھی۔ ”محبت خان! تم یہ کیوں نہیں سمجھتے کہ مالک اور نوکر میں حفظ مراتب بہت ضروری ہے۔ بادشاہ پھر بادشاہ ہے اور ملازم پھر ملازم ہیں۔ ان دونوں کو تم ایک سطح پر کس طرح کھڑا کر سکتے ہو؟“

محبت خان نے جوش میں کہا۔ ”بہرحال میں اُس بے عزتی کو برداشت نہیں کر سکا۔“

بخشی نے کہا۔ "لیکن حاجی پور میں تمہیں یہ سب کچھ برداشت کرنا پڑے گا کیونکہ میں خود بھی یہ باتیں بالکل پسند نہیں کرتی۔"

محبت خان نے غصے میں کھڑے ہو جانا چاہا لیکن اس نے اپنے آس پاس کئی مسلح سپاہیوں کو کھڑے دیکھا اُن کی سونتی ہوئی تلواریں بہ زبان حال یہ کہہ رہی تھیں کہ ذرا بھی بے جا جسارت سے کام لیا تو ٹکڑے اڑا دیئے جائیں گے۔ وہ ناچار اٹھ کے پھر بیٹھ گیا۔ بخشی بیگم کہہ رہی تھی۔ "محبت خان! کیا تمہارے گھروں میں بڑوں کا حکم نہیں مانا جاتا۔ کیا تم لوگ بچوں کو اتنی چھوٹ دے دیا کرتے ہو کہ وہ اپنے بزرگوں کی بے عزتی اور حکم عدولی کریں؟"

محبت خان نے جواب دیا۔ "نہیں، ہمارے گھروں میں بچے گستاخ نہیں ہوتے۔"

"تب پھر۔" بخشی بیگم نے ہنستے ہوتے کہا۔ "تم کو اپنے حکمرانوں کے خلاف گستاخیوں کی کس طرح اجازت دی جاسکتی ہے؟ بادشاہ کے لئے ملک اس کا خاندان ہے اور بادشاہ اس کا سربراہ ہے، پھر خاندان کے لوگ اُس کی عزت کیوں نہیں کریں گے۔"

محبت خان اس دلیل سے بے بس اور لاجواب ہو گیا۔

بخشی نے مزید کہا۔ "بادشاہ نے اپنے ملازمین پر جو پابندیاں عائد کی تھیں وہ یہاں بھی عائد رہیں گی۔ اور تم کو ہماری غیر مشروط حکومت ماننی پڑے گی، کیونکہ میں یہ قطعی پسند نہیں کرتی کہ ملازمین اپنی من مانی کرتے پھریں اور اس طرح علاقے میں انتشار اور خلفشار کے باعث بن جائیں۔"

محبت خان نے اٹک کر کہا۔ "عورت کی حکومت۔ یہ کس طرح ممکن ہے کہ ایک عورت مردوں پر حکومت چلائے اور غیرتمند پٹھان اس بات کو کس طرح برداشت کر سکتا ہے کہ۔"

بخشی نے بدستور ہنستے ہوتے کہا۔ "میں حاجی پور نامی خاندان کی سربراہ ہوں اور تم اس خاندان کے ایک معمولی فرد ہو، تمہیں میرا حکم ہر حال میں ماننا پڑے گا ورنہ۔"

"ورنہ کیا؟" محبت خان نے غصے میں کھڑے ہو کر پوچھا۔

دوسری طرف بخشی بھی کھڑی ہو چکی تھی، اچانک جاتی ہوئی بولی۔ "ورنہ یہ کہ تم ہمیشہ میری قربت سے محروم رہو گے، ہمیشہ مجھ سے دور رہو گے اور اس خاندان میں تمہاری حیثیت اُس ہندو اچھوت جیسی ہو گی، جو اعلیٰ ذات والوں کے ساتھ بیٹھ نہیں سکتا۔ تم میری عنایات اور مہربانیوں سے محروم رہو گے۔"

اس کے فوراً بعد بخشی کسی طرف چلی گئی اور اب باریک پردے کے پیچھے سے سرخ لباس غائب ہو چکا تھا۔ وہ آواز جو ابھی ذرا دیر پہلے فضا میں ترنم گھول رہی تھی گم ہو چکی تھی۔ اس کے آس پاس متعین سپاہیوں نے اُسے مطلع کیا کہ اب اُس کا یہاں بیٹھنا یا رُکنا فضول ہے۔ وہ شکستہ و دل گرفتہ اٹھ کھڑا ہوا اور کمرے سے باہر نکل آیا۔ وہ ابھی کچھ ہی دور گیا ہوگا کہ اس نے داہنی طرف کے چھوٹے سے باغیچے میں وہی سرخ لباس پھر دیکھا۔ وہ آنکھیں پھاڑ پھاڑ کے اُدھر دیکھنے لگا۔ اُس کے قدم رُک گئے۔ سپاہیوں نے بھی سختی نہیں کی۔ اُس نے درختوں کی جھریوں کے اُس پار بخشی کو ٹہلتے ہوتے دیکھا لیکن وہ اندر تنہا نہیں تھی۔ اس وقت اُس کے ساتھ کوئی اور بھی تھا۔ اُس نے پورے انہماک اور توجہ سے اس دوسرے شخص کو پہچاننے کی کوشش کی۔ سپاہیوں نے اُسے ٹوکا۔

"چلتے رہو، رُکنے کی ضرورت نہیں ہے۔"

محبت خان نے بے بسی سے سپاہیوں کو دیکھا اور پھر چل پڑا۔ سُرخ لباس اب بھی متحرک نظر آ رہا تھا۔ باغیچے کی فضا بخشی کے مترنم قہقہوں سے گونج رہی تھی۔ اُس کے کانوں میں مرد کی ہلکی سی آواز آئی۔ "وحشی ہے، آدمی بننے میں کچھ وقت لگے گا۔"

محبت خان نے یہ آواز پہچان لی، یہ شادی خان کی آواز تھی۔ وہ گفتگو کا رُخ بھی پہچان گیا کہ یہ روئے سخن خود اُس کی جانب ہے۔

* * *

کئی دن تک اُس سے کوئی کام نہیں لیا گیا، کھانے پینے کو ملتا رہا، کسی کسی وقت باہر نکلتا تو پہاڑی مناظر طبیعت میں بڑی تازگی پیدا کر دیتے اور دیر تک پہاڑیوں میں تنہا گھومتا رہتا تھا۔ بظاہر تو وہ آزاد نظر آتا تھا لیکن وہ آزاد نہیں تھا، اُس کی نگرانی کے لئے آس پاس بخشی کے آدمی موجود ضرور رہتے تھے۔ محبت خان سوچتا، وہ کیسی مصیبت میں گرفتار ہو گیا ہے۔ لودھی دربار میں وہ ایک معزز امیر کی حیثیت رکھتا تھا لیکن حاجی پور میں اس کی کوئی حیثیت نہیں رہ گئی تھی۔ یہاں کی بہ نسبت اُسے لودھی دربار بڑا غنیمت محسوس ہوا۔ شادی خان بھی اس سے سرد مہری برت رہا تھا۔ ان چند دنوں میں وہ جن نفسی کیفیات کا شکار رہا اُن میں ایک کیفیت یہ بھی تھی کہ اُسے واقعی کسی خاندانی سربراہ کی حیثیت سے بخشی کا انتخاب قبول کر لینا چاہیئے؟ اُس کی بالادستی مان لینا؟ اسے بخشی کی دلیلوں نے لاجواب کر دیا تھا اس فکر و تردد میں ایک اور جذبہ بھی اپنا کام کر رہا تھا۔ بخشی

کی آواز بڑی دلکش تھی اور باریک پردوں کے پیچھے سے سُرخ لباس میں ملبوس جو جسم متحرک دکھائی دیا تھا وہ خاصا پُرکشش تھا۔ اُسے شادی خان پر رشک آیا کہ اسے بخشی کی خلوتوں میں بھی موجودگی کا شرف حاصل تھا۔ اس کی افغانی انا مجروح اور متزلزل ہونے لگی۔

اُس نے پہاڑیوں کی چوٹیوں کی آڑ سے سورج کو اُبھرتے دیکھا۔ وہ مشرق میں نظر پر جما کے کھڑا ہو گیا۔ رُوئی کے گالوں جیسے بالوں کے ٹکڑے آوارہ و پریشان اڑے چلے جا رہے تھے۔ اُس وقت اُس کے پاس ایک شخص آیا اُس نے محبت خان کو بخشی بیگم کا یہ فرمان پہنچایا کہ قلعے کے مشرقی حصے کے جنگلات کا کچھ حصہ کاٹا جا رہا ہے اس کام کی نگرانی محبت خان کو کرنی ہے۔ اس فرمان نے اس کی انا پر تازیانے کا کام کیا۔ وہ تلملا گیا، اُس کے جی میں آئی کہ وہ اس شخص کو ایک زوردار ہاتھ رسید کرے تاکہ آئندہ وہ کوئی ایسا لغو فرمان لانے کی جرأت نہ کرے، لیکن مصلحت اندیشی نے اس کے ہاتھ روک لئے۔ اُس نے پوچھا۔

"جنگل کی کٹائی میں کتنے لوگ لگے ہوتے ہیں؟"

آدمی نے جواب دیا۔ "تقریباً دو سو آدمی۔"

محبت خان نے پوچھا۔ "یہ فرمان کس نے جاری کیا ہے؟"

آدمی نے جواب دیا۔ "شادی خان نے!"

محبت خان کو پھر غصہ چڑھا، بولا۔ "یہ شادی خان حکم دینے والا کون ہوتا ہے؟"

آدمی نے کوئی جواب نہیں دیا، بس اُس کی صورت دیکھتا رہ گیا۔

محبت خان نے صاف جواب دے دیا۔ "جاؤ، شادی خان سے کہہ دینا محبت خان تیرا حکم نہیں مانے گا۔"

آدمی نے گدی کھجلاتے ہوتے کہا۔ "لیکن شادی خان وہی حکم دیتا ہے جو بیگم صاحبہ دیتی ہیں۔"

"تب پھر تم اپنی بیگم صاحبہ سے جا کر کہہ دو کہ محبت خان اُن کے حکم کے سوا کسی اور کا حکم نہیں مانے گا!"

"لیکن جناب"۔ یہ شخص بہت پریشان نظر آتا تھا۔ بولا۔ "بیگم صاحبہ جو حکم بھی دیتی ہیں شادی خان کے ذریعے دیتی ہیں، وہ براہ راست کوئی حکم بہت کم دیتی ہیں کیونکہ وہ ہر ایک کے سامنے آنا جانا بالکل پسند نہیں کرتیں۔"

محبت خان نے زِچ ہو کر کہا۔ "بس میں نے جو کچھ کہہ دیا، کہہ دیا، میں شادی خان

کا حکم نہیں مان سکتا ہاں بیگم صاحبہ کا حکم سر آنکھوں پر۔"

اس شخص نے بڑی معنی خیز نظروں سے محبت خان کو دیکھا پھر بولا "کیا آپ واقعی جو کچھ کہہ رہے ہیں اس میں سنجیدہ ہیں؟"

محبت خان چیخ پڑا "ہاں ہاں، میں جو کچھ کہہ رہا ہوں اس میں بالکل سنجیدہ ہوں تم میری بات سمجھتے کیوں نہیں اور تم یہ کیوں سمجھ رہے ہو کہ میں تم سے مذاق کر رہا ہوں!"

اس آدمی نے کھوئی کھوئی نظروں سے محبت خان کو دیکھا، بولا "آپ ابھی تک یہاں کے لوگوں کے مراتب سے آگاہ نہیں ہیں، شادی خان کا حکم کیا معنی رکھتا ہے۔ ابھی آپ اس سے بخوبی واقف نہیں ہیں۔"

محبت خان نے اسے ڈانٹ دیا، بولا "تم یہاں سے بھاگ جاؤ، میں شادی خان وادی خان کسی کو بھی نہیں جانتا۔ میری نظر میں شادی خان کی اس سے زیادہ کوئی عزت نہیں کہ حاجی پور کے کارگزاروں میں وہ بھی شامل ہے۔"

اس آدمی نے ایک بار پھر زور دیا "جناب شادی خان وہ نہیں ہے جو آپ سمجھ رہے ہیں، وہ کچھ اور بھی ہے۔"

محبت خان نے اسے پھر جھڑک دیا "اس کی وہ حیثیت، جس کی طرف تم اشارہ کر رہے ہو، میں نہیں جانتا، میں تو اسے حاجی پور کا ایک ادنیٰ ملازم سمجھتا ہوں میں بخشی بیگم کا حکم تو مان سکتا ہوں لیکن شادی خان کا ہرگز نہیں!"

وہ آدمی واپس چلا گیا۔ محبت خان اس کے ردعمل کا اندازہ لگانے لگا۔ شادی خان کی حیثیت کا کچھ کچھ اندازہ وہ پہلے ہی لگا چکا تھا لیکن آج اس کا صحیح اندازہ لگ چکا تھا شادی خان اس کو نظر انداز کرتا چلا آرہا تھا۔ ایسا کیوں تھا؟ آج وہ سبب بھی معلوم ہو چکا تھا۔ محبت خان نے ایک ہیجانی کیفیت محسوس کی، یہ ہیجانی کیفیت جذبۂ حسد و رقابت سے پیدا ہوئی تھی، اس نے خوب اچھی طرح یہ سمجھ لیا تھا کہ شادی خان کے حکم کو نہ ماننے سے کوئی بھی ہنگامہ کھڑا ہو سکتا ہے۔ حاجی پور میں وہ تنہا تھا اور یہاں بخشی بیگم کی حکومت تھی، بخشی بیگم پر شادی خان کا اثر تھا۔ دونوں مل کے اسے کوئی بھی سزا دے سکتے تھے۔

اس کشمکش میں اسے اپنے انکار پر ذرا سی دیر کے لئے کچھ ندامت بھی محسوس ہوئی لیکن یہ ندامت جلد ہی دور ہو گئی اور اس کی جگہ قوت ارادی نے لے لی۔ وہ شادی خان کو اس کی حیثیت سے ہٹا کے اس کی جگہ خود لے لینا چاہتا تھا، گو یہ کام بہت مشکل تھا لیکن ناممکن نہیں تھا۔ اس کوشش میں وہ اپنی جان سے بھی ہاتھ دھو سکتا تھا اور کامیاب

بھی ہو سکتا تھا۔ اُس نے یہ بھی فیصلہ کر لیا تھا کہ اگر شادی خان نے اُسے ذلیل کرنے کی کوشش کی تو وہ اُس کا مقابلہ کرے گا۔ لیکن بخشو بیگم کا کس طرح مقابلہ کرے گا، یہ بات اُس کی سمجھ میں نہ آتی تھی۔

دوپہر سے ذرا پہلے دس سپاہیوں کا ایک دستہ اُس کی گرفتاری کے لئے آ گیا۔

محبت خان دروازے بند کر کے اندر بیٹھا رہا۔ دستے کا ایک سپاہی دروازے کو تھپتھپاتے ہوئے بولا "باہر آ جاؤ اور خود کو ہمارے حوالے کر دو، ورنہ پچھتاؤ گے۔"

محبت خان نے جواب دیا "میں ان حالات میں باہر نہیں آ سکتا، تم لوگ میرے پاس کیوں آئے ہو؟"

سپاہی نے کہا "تمہیں گرفتار کرنے۔"

"کیوں؟" محبت خان نے پوچھا۔ "تم لوگ مجھے کیوں گرفتار کرنا چاہتے ہو؟"

سپاہی نے کہا "تم نے شادی خان کی حکم عدولی کی ہے۔ تمہیں اس حکم عدولی کی سزا بھگتنی ہوگی۔"

محبت خان نے حقارت سے کہا "میں یہ سزا بھگتنے کو تیار نہیں ہوں۔ میں مر جاؤں گا لیکن خود کو گرفتار نہیں ہونے دوں گا۔"

سپاہی نے دروازے پر زور زور سے لاتیں رسید کیں، گالیاں دیتا ہوا بولا "اگر تم یوں دروازہ نہ کھولو گے تو ہم دروازہ توڑ کے اندر آ جائیں گے۔ بہرحال تم گرفتاری سے نہیں بچ سکتے۔"

محبت خان نے انہیں جلانے کے لئے قہقہہ لگایا۔ بولا "جب تم دروازہ توڑ کے اندر آؤ گے تو مجھے شمشیر بکف استقبال کے لئے مستعد پاؤ گے۔"

سپاہی نے طیش میں کہا "تم یوں نہیں مانو گے۔ میں دیکھتا ہوں تم کس طرح نہیں نکلتے۔"

محبت خان نے کہا "تم شادی خان کو بلا لو، میں اُس سے دو بدو مقابلہ کر کے اُسے مار دوں گا یا خود مر جاؤں گا۔ کیونکہ میں لودھی قبیلہ کا ایک معزز امیر ہوں اور ایک ہی نیام میں ایک وقت میں ایک ہی تلوار رہ سکتی ہے۔"

سپاہی نے چلاتے ہوئے کہا "جب ہم نہ رہیں گے تو شادی خان بھی مقابلے پر آ جائے گا لیکن ہماری موجودگی میں شادی خان کو صرف حکم ہی دینا چاہیئے۔"

محبت خان نے ہتھیاروں پر نظر ڈالی۔ اُس نے تیروں سے بھری ترکش شانے میں

پھنسائی پیش قبض پہلو میں لٹکائی اور عریاں تلوار ہاتھ میں لے لی۔ اس نے دروازے کی جھری سے جھانک کے دیکھا۔ سپاہیوں کا دستہ اس کے مکان کے آس پاس جھاڑ جھنکاڑ جمع کر رہا تھا۔ وہ فوراً ہی سمجھ گیا کہ سپاہی اس کے مکان کو پھونک کر اسے باہر نکلنے پر مجبور کرنا چاہتے ہیں۔ وہ کچھ گھبرایا لیکن پھر حاضر دماغی کام آ گئی۔ اس نے دروازے کی جھری سے آنکھ لگائے رکھی۔ وہ آگ لگاتے جلنے کا انتظار کر رہا تھا۔ ذرا سی دیر میں گھاس پھوس اور لکڑیوں کا ایک ڈھیر مکان کے آس پاس لگ گیا۔ پھر ایک شخص سلگتی ہوئی لکڑی لے کر اس ڈھیر کی طرف بڑھا۔ محبت خان تیزی سے مکان کے دالان میں گیا اور دیوار سے چھت پر چڑھ گیا۔ چھت کے چاروں طرف تقریباً نصف گز اونچی دیواریں اٹھی ہوئی تھیں اس نے دیوار کی آڑ میں بیٹھ کے کمان سنبھالی اور ترکش سے تیر نکال کر چلّے میں کسا اور ایک سپاہی کو نشانہ بنا دیا۔ سنسناتا ہوا تیر سپاہی کے حلق میں ترازو ہو گیا اور وہ چیخ مار کے ڈھیر ہو گیا بقیہ تو سپاہی حیرت اور خوف سے ادھر ادھر دیکھنے لگے۔ انہیں کچھ پتہ نہ تھا کہ تیر کہاں سے اور کدھر سے آیا تھا۔ چند سپاہی گرنے والے سپاہی کے پاس پہنچ گئے اور اسے کھینچ کر ایک طرف لے جانے لگے۔ محبت خان نے ایک سپاہی کو اور چھید دیا۔ یہ دوسرا تیر سپاہی کے سیدھے پہلو میں آر پار پیوست ہوا تھا۔ یہ سپاہی بھی چیخ مار کے وہیں ڈھیر ہو گیا اور اس بار وہ پھر یہ سمجھنے سے قاصر رہے کہ تیر کدھر سے آیا تھا۔ اب انہوں نے ازراہ احتیاط ادھر ادھر بھاگنا شروع کر دیا۔ آگ بہت تیزی سے پھیلتی جا رہی تھی۔ محبت خان نے بھاگتے ہوئے سپاہیوں کو بھی اپنے تیروں سے زخمی کر کے گرا دیا اور مکان کے پچھلے حصے سے پھاند کر باہر پہنچ گیا۔ ایک سپاہی نے اسے اترتے ہوئے دیکھ لیا تھا۔ اس نے چیخنا چلانا شروع کر دیا "وہ رہا، وہ اترا، پکڑو جانے نہ پائے"!

محبت خان نے دیوار کی آڑ سے تیر چھوڑنے شروع کر دیئے۔ سپاہیوں پر بدحواسی طاری ہو چکی تھی لیکن ان میں دو سپاہی بڑے جری نکلے وہ درختوں اور پتھروں کی آڑ لیتے ہوئے محبت خان کی طرف بڑھنے لگے۔ ان سپاہیوں کی بدقسمتی یہ تھی کہ ان کے پاس تیر کمان نہیں تھے یہ دونوں بڑھتے بڑھتے محبت خان کے قریب پہنچ چکے تھے۔ مکان کے گرد لگائی ہوئی آگ مکان کو جلا رہی تھی اور ادھر ادھر سے لوگ بھاگ بھاگ کر وہاں جمع ہو رہے تھے۔ محبت خان نے وہاں سے راہ فرار اختیار کرنا چاہی، وہ ایک چھوٹی سی چٹان کی آڑ میں جیسے ہی پہنچا دونوں سپاہی اس کے سر پر پہنچ گئے اور انہوں نے محبت خان پر حملہ کر دیا۔ محبت خان لپٹ گیا۔ دونوں کی تلواریں چٹان پر پڑیں۔ ایک کی تلوار ہاتھ سے

چھوٹ گئی۔ دوسرے کی تلوار تو نہیں چھوٹی لیکن کلائی کو سخت جھٹکا ضرور لگا۔ محبت خان نے پھرتی سے اٹھ کر پے در پے دو وار کر کے ان کی ٹانگیں زخمی کر دیں، وہ چیخ مار کر ڈھیر ہو گئے۔

اس ہنگامے کی خبریں دُور دُور تک پہنچ چکی تھیں۔ محبت خان نے اس سنگین صورتِ حال سے گھبرا کے وقتی طور پر کہیں روپوش ہو جانا چاہا لیکن کہاں چھپے یہ بات سمجھ میں نہ آتی تھی۔ یہ پہاڑی چٹانوں اور درختوں کی آڑ لیتا ہوا ایک ایسی جگہ پہنچ گیا، جہاں ایک پُر شور جھرنا گر رہا تھا۔ یہ جیسے تیسے جھرنے کے قریب ایک چھوٹے سے غار میں گھس گیا، اندر سخت اندھیرا تھا۔ ڈر تھا کہ کہیں کوئی سانپ بچھو موجود نہ ہو جو ڈس لے یا ڈنک مار دے لیکن موت تو اس کے تعاقب میں تھی سبا باہر رہتا تو شادی خان کے آدمیوں کا دھڑکا لگا ہوا تھا اور وہ اسے قتل کئے بغیر نہ مٹتے۔ غار کے اندر کوئی زہریلا کیڑا اُس کا کام تمام کر سکتا تھا۔ اُسے یہ منظور تھا کہ کوئی کیڑا اُسے ہلاک کر دے لیکن وہ شادی خان کے کسی آدمی کے ہاتھوں مرنے کو ہرگز تیار نہ تھا۔ اُسے غار میں پڑے پڑے کافی دیر ہو گئی اور یہاں تک کہ اُسے بھوک ستانے لگی۔ اندر اندھیرے کی وجہ سے یہ بھی نہیں معلوم ہو رہا تھا کہ دن کتنا باقی رہ گیا ہے۔ بھوک کا اُس نے یہ علاج سوچا تھا کہ رات کو نکل کر وہ پہاڑی پھلوں کو تلاش کرے گا اور انہیں کھا کے پیٹ کا جہنم بجھائے گا۔ اُس کی تیز قوتِ سامعہ باہر سے آنے والی آوازوں پر لگی ہوئی تھی۔ کئی گھنٹے بعد اُسے ایسا محسوس ہوا جیسے باہر بہت سارے لوگ آ چکے ہوں۔ لوگوں کی زور زور سے باتیں کرنے کی بے ہنگم آوازیں بھی شامل ہو رہی تھیں۔ وہ لیٹ کر پیٹ کے بل سرکتا ہوا غار کے دہانے کے قریب چلا گیا۔ اس طرح وہ باہر کے لوگوں کی باتیں بھی سننا چاہتا تھا سا چانک شادی خان کی کی آواز سنائی دی۔ وہ کسی سے کہہ رہا تھا "یہ ناہنجار بدمعاش مجھ سے بچ کے نکل نہیں سکتا۔ میں اس کی بوٹیاں چیل کوّوں کو کھلاؤں گا۔"

جواب میں کسی مرد نے کہا "کیا آپ کو یہ یقین ہے کہ محبت خان یہیں کہیں روپوش ہے؟"

شادی خان نے کڑک دار آواز میں جواب دیا "وہ ہے اور اسی غار میں ہے" پھر چیخ کر کہا "محبت خان! باہر نکل آؤ۔ گو تم نے بڑا نقصان پہنچایا ہے لیکن میں پھر بھی تمہیں معاف کر دینے کو آمادہ ہوں اور یہ معافی اس وقت مل سکتی ہے جب تک تم کسی شرط کے بغیر باہر نہیں آ جاتے۔ محبت خان! تم نے جو کچھ کیا اُس کا کوئی حساب کتاب تم سے نہیں

لیا جائے گا۔"

محبت خان خاموش رہا۔ اس طرح وہ انہیں اپنی عدم موجودگی کا یقین دلانا چاہتا تھا۔ لیکن شادی خان کو پورا یقین تھا کہ محبت خان اسی غار میں موجود ہے۔ اس نے ایک بار پھر چیخ کر کہا۔ "محبت خان! زیادہ چالاک نہ بنو۔ میں چاہتا ہوں تم فوراً باہر آجاؤ اور ہم دونوں گہرے دوستوں کی طرح رہنے کا ایک بار پھر عہد کریں۔"

محبت خان نے پھر کوئی جواب نہیں دیا۔ شادی خان پھر چیخا۔ "میں کہتا ہوں محبت خان! تم حماقت کا ثبوت نہ دو۔ فوراً باہر آجاؤ۔ میں نے غار کے باہر تمہارے قدموں کے نشان دیکھ لئے ہیں۔"

محبت خان بدستور خاموش رہا۔ شادی خان نے اپنے آدمیوں کو حکم دیا۔ "محبت خان یوں نہیں مانے گا، تم لوگ غار کے منہ پر دھواں کر دو، جب دھواں اندر بھرے گا اور محبت خان کا دم گھٹے گا تو یہ گھبرا کے خود بخود باہر آجائے گا۔ اس وقت اس کی بہادری کا امتحان بھی لے لیں گے۔"

شادی خان کے آدمیوں نے غار کے دہانے پر بہت ساری گھانس پھونس جلا کے اس میں گیلی لکڑیاں ڈال دیں۔ ان گیلی لکڑیوں نے تیزی سے دھواں دینا شروع کر دیا۔ محبت خان کا خون خشک ہونے لگا۔ اب وہ غار میں مزید نہیں ٹھہر سکتا تھا۔ دھویں کے غٹ غٹ غار میں داخل ہونے لگے اور اس پر کھانسی کا دورہ پڑا۔ کھانسنے کی آوازیں باہر تک سنائی دیں۔ شادی خان خوشی میں چلایا۔ "دیکھو میرا خیال صحیح نکلا نا محبت خان اندر کھانس رہا ہے۔ اب یہ کسی رعایت کا مستحق نہیں رہا۔"

محبت خان کو اپنا حشر صاف نظر آرہا تھا۔ اس نے کھانستے ہوئے بمشکل چیخ کر کہا۔ "شادی خان! میں باہر آرہا ہوں لیکن تمہیں قسم ہے کہ تم مجھ سے تنہا مقابلہ کرنا۔ میں اپنی زندگی سے بیزار ہوں اور چاہتا ہوں کہ میں تمہارے ہاتھوں قتل ہو جاؤں۔ میں کسی معمولی سپاہی کے ہاتھ سے مرنے میں بے عزتی محسوس کرتا ہوں۔"

شادی خان نے خوشی میں قہقہہ لگایا۔ چلا کر کہا۔ "محبت خان! اگر تم میری پہلی آواز پر باہر آجاتے تو میں تمہاری ہر بات مان لیتا لیکن تم نے میری بات کا جواب تک نہ دیا اب تم کسی رعایت کے مستحق نہیں رہے اور مجھے نہیں معلوم کہ تمہاری موت کس شخص کے ہاتھوں مقدر ہو چکی ہے۔"

محبت خان نے تلوار کے دستے کو مضبوطی سے پکڑ لیا اور آنسوؤں سے لبریز آنکھیں

ملتا ہوا غار کے دہانے کی طرف بڑھا۔ وہ برابر کھانسے جا رہا تھا۔ شادی خان کے آدمی موت کے فرشتوں کی طرح غار کے دہانے پر پھیل گئے اور تلوار کی نوکیں دہانے کی طرف کر دیں۔ غار کے دہانے پر پہنچ کے محبت خان نے پوری قوتِ ارادی سے کام لے کر آنکھیں کھولنے کی کوشش کی۔ آنکھیں ذرا سی کھلیں اور دھوئیں نے گھس کر انہیں پھر بند کر دیا۔ اس نے دھندلے دھندلے غار کے دہانے کی ایک جھلک دیکھ لی تھی جس میں بہت ساری تلواروں کی نوکیں اس کی طرف اٹھی ہوئی دکھائی دی تھیں۔ محبت خان نے سوچا اگر وہ اس حالت میں باہر نکلے گا تو پلک جھپکتے ہی قتل کر دیا جائے گا اور اندر رکا بھی نہیں جا سکتا تھا۔ اس نے جان پر کھیل کر غار میں دائیں بائیں کوئی نیا راستہ تلاش کرنے کی کوشش کی۔ اس کوشش میں اسے ایک پتلا سا شگاف مل گیا۔ یہ شگاف پہاڑی کے بیچ سے پھٹ جانے سے پیدا ہوا تھا اور اس میں اتنی گنجائش موجود تھی کہ محبت خان اس میں داخل ہو کے جہاں تک گنجائش ہوتی چلا جاتا۔ یہاں دھواں بھی زیادہ نہیں تھا۔ محبت خان اس شگاف میں داخل ہو گیا اور آہستہ آہستہ آگے بڑھنے لگا۔ اس کے کھانسنے کی آواز بھی دور ہونے لگی۔ شادی خان معلوم نہیں کیا سمجھا کہ چیخ کر بولا۔ "محبت خان! باہر نکل آؤ ورنہ مر جاؤ گے!"

محبت خان نے کوئی جواب نہیں دیا۔ شادی خان کی کہیں دور سے آواز آئی۔ "محبت خان! اسلام میں خودکشی کو حرام قرار دیا گیا ہے۔ دھوئیں میں گھٹ کر مت مرو، باہر آؤ۔ میں تم سے مقابلہ کروں گا۔ تمہیں کسی معمولی آدمی کے حوالے نہیں کیا جائے گا!"

آہستہ آہستہ دھواں کم ہوتا جا رہا تھا۔ لیکن شگاف میں آس پاس اونچی اونچی دیواریں اس کا دم گھونٹے دے رہی تھیں اور یہ سوچ کر اور ہول اٹھ رہی تھی کہ کہیں یہ شگاف آگے جا کر بند نہ ہو گیا ہو۔ تقریباً پانچ چھ سو قدم بعد یہ شگاف ختم ہو گیا اور محبت خان ایک چھوٹے سے پہاڑی دامن میں پہنچ گیا۔ وہ ستانے کے لئے ایک چٹان پر بیٹھ گیا۔ یہاں نہ دھواں تھا نہ شادی خان کا خوف تھا۔ اس نے ادھر ادھر غائرانہ نظریں ڈالیں اور وہاں سے بھی نکل بھاگا لیکن ابھی وہ زیادہ دور نہیں گیا تھا کہ شادی خان اس کے سر پر پہنچ گیا، بولا۔ "تم مجھ سے بچ کر نہیں جا سکتے محبت خان دیکھو میں نے تمہیں پکڑ لیا یا نہیں؟"

محبت خان کے پیر لڑکھڑانے لگے۔ شادی خان نے اسی کرخت لہجے میں کہا "محبت خان! تم نے مجھے بہت پریشان کیا ہے اور اب بھی باز نہیں آئے، لیکن تم نے یہ کیوں نہیں سوچا کہ تمہارا واسطہ شادی خان سے پڑا ہے۔ وہ شادی خان، جو حاجی پور میں سب سے

نمایاں حیثیت رکھتا ہے!"

محبت خان نے تلوار بلند کی اور شادی خان کی بے عزتی کر دی۔ بولا۔"شادی خان لو وار روکو، یا تو میں تمہیں مار دوں گا یا پھر تم مجھے مار دو!"

شادی خان کا لہجہ ہی بدل گیا۔ بولا۔"محبت خان! میں پہلے ہی تمہیں یہ بتا چکا ہوں کہ اب تم کسی رعایت کے مستحق نہیں رہے، میں نے تمہیں فرار ہوتے ہوئے پکڑ لیا ہے اب میں اپنی کسی رعایت سے تمہیں فائدہ نہیں پہنچا سکتا۔"

محبت خان نے تلوار سونت کے پینترا بدلا اور شادی خان کی طرف بڑھا۔"چل اِدھر آ۔ میں تجھ سے مقابلہ کرنا چاہتا ہوں!"

شادی خان نے حیلہ کیا۔" میں تجھ سے لڑنا نہیں چاہتا محبت خان! تو بات سمجھنے کی کوشش کیوں نہیں کرتا؟"

محبت خان نے جواب دیا۔" میں تو اس وقت لڑنے کی کیفیت میں ہوں، میں کسی سے بھی لڑ سکتا ہوں!"

شادی خان نے بھی تلوار سونت لی، بولا۔" اگر تو لڑنا ہی چاہتا ہے تو میں بھی تیار ہوں، حالانکہ میں تجھے اپنا مدمقابل نہیں سمجھتا۔ میرے آدمی تیرا کام تمام کر سکتے ہیں!"

محبت خان نے اس پر حملہ کر دیا۔ بولا"میں نے تیرے دس آدمیوں کو شکست دے کر اپنی برتری ثابت کر دی ہے اور میں نے یہ فیصلہ کر لیا ہے کہ حاجی پور میں ہم دونوں میں سے کسی ایک ہی کو رہنا چاہیئے!"

شادی خان نے پھرتی سے ایک طرف ہٹ کر محبت خان کا حملہ ناکام بنا دیا۔ محبت خان نے دوسرا وار کیا۔ شادی خان نے اس سے بھی بچا، تیسرا وار ہوا، شادی خان اس سے بھی بچ گیا، محبت خان پاگل ہو رہا تھا۔ وہ شادی خان پر اندھا دھند حملے کر رہا تھا۔ شادی خان چلایا۔"مقابلے کے بھی کچھ اصول ہوتے ہیں، تم وار کر چکے اب میرے وار روکو!"

محبت خان کے ہاتھ ایک دم رک گئے۔

شادی خان نے دھوکہ دے کر ایک بھرپور وار کیا، یہ وار اس کی گردن پر کیا گیا تھا۔ محبت خان نے جھک کر وار خالی جانے دیا۔ شادی خان نے دوسرا وار اس کے شانے پر کیا۔ محبت خان نے ایک طرف ہٹ کر اسے بھی خالی جانے دیا۔ تھکا ہوا محبت خان جیسے جیسے شادی خان کے حملوں سے بچ رہا تھا، شادی خان کی پریشانی بڑھتی جا رہی تھی۔ شادی خان کے آدمی دور کھڑے تماشہ دیکھ رہے تھے۔ جب شادی خان کے سارے وار خالی گئے

تو وہ ذرا گھبرایا اور پیچھے ہٹتا ہوا بولا: "محبت خان تم بہت تھکے ہوئے معلوم ہوتے ہو اس لئے میں تم سے مقابلہ نہیں کروں گا۔ میں اپنے کسی سپاہی کو تمہارے مقابلے پر بھیج دیتا ہوں، وہ تمہیں ٹھکانے لگا کر تمہارا قصہ پاک کر دے گا۔"

محبت خان ببر کی طرح اس پر جھپٹا۔ بولا: "کہاں جاتے ہو اے ذلیل انسان، میں تجھے جانے نہیں دوں گا۔ میں تیرے سپاہیوں سے لڑ کر خود کو ذلیل نہیں ہونے دوں گا۔"

شادی خان نے خود کو بچانے کی کوشش کی، لیکن زخمی ہو گیا، وہ غصے میں چلایا۔ "محبت خان! تم کمینے پن سے یوں نہیں باز آؤ گے۔" پھر اپنے سپاہیوں کو حکم دیا: "آگے بڑھو اور چاروں طرف سے گھیر کر اس کا کام تمام کر دو۔"

شادی خان کے آدمی تیزی سے محبت خان کی طرف بڑھے۔ محبت خان ایک بڑی چٹان کو اپنی پشت پناہ بنا کے ان سب کے مقابلے پر ڈٹ گیا۔

شادی خان ایک دوسری چٹان کے زیر سایہ بیٹھ کر پگڑی سے کپڑا پھاڑ کر پہلو سے بہتے ہوئے خون کو روکنے کی کوشش کرنے لگا۔ اس نے کمر کے گرد مضبوطی سے پگڑی کو لپیٹ لیا اور ایک بڑے پتھر کو تکیہ بنا کے دونوں ہاتھ گدی پر رکھ لئے اور آرام سے لیٹ کر محبت خان کی جنگ دیکھنے لگا۔ محبت خان تنہا تقریباً بیس آدمیوں سے لڑ رہا تھا۔ اسی دوران شادی خان نے اپنی پشت پر آہٹ محسوس کی۔ وہ گھبرا کے اٹھ بیٹھا اور گھوم کر پیچھے دیکھنے لگا۔ یخشی بیگم اپنے چہرے کو نقاب میں چھپائے، تقریباً پچاس محافظوں کو اپنے پیچھے لئے اس کے پاس پہنچ چکی تھی۔ وہ شادی خان کے قریب پہنچ کر کھڑی ہو گئی شادی خان اٹھ کر بیٹھ گیا اور جلدی جلدی کہنے لگا: "بیگم صاحبہ! یہ محبت خان بڑا ذلیل انسان ہے اس نے میری حکم عدولی کی، میرے سپاہیوں کو ہلاک کیا اور ابھی تھوڑی دیر پہلے قتل کر دینا چاہتا تھا، اس نے مجھے زخمی کر دیا اس لئے میں نے اپنے آدمیوں کو حکم دے دیا ہے کہ محبت خان کا کام تمام کر دو۔"

یخشی نے شادی خان کو سرسری نظروں سے دیکھا اور محبت خان کے مقابلے کا منظر دیکھنے لگی۔

شادی خان نے درخواست کی: "بیگم صاحبہ! اپنے محافظ دستے کو حکم دیجئے کہ وہ اس سرکش کو ٹھکانے لگا دے، الودھی دربار نے کچھ سمجھ کر ہی اس خطرناک شخص کو قید کیا ہے۔"

یخشی خاموش رہی اور بدستور، بے چینی سے لڑائی کا منظر دیکھنے لگی۔ شادی

خان نے یخشی کے محافظوں کو حکم دیا "تم لوگ کھڑے شکل کیا دیکھ رہے ہو، آگے بڑھو اور اس موذی کا کام تمام کر دو۔"

لیکن یخشی نے مداخلت کی، اس نے شادی خان کو حکم دیا "تم اپنے آدمیوں کو جنگ بندی کا حکم دے دو، اب یہ تماشہ ختم ہو جانا چاہیئے۔"

شادی خان بے چینی میں کھڑا ہو گیا، بولا "یہ کیوں، یہ کیوں ہے؟ آخر کیوں؟ کیا اس شخص کے خلاف جنگ بندی کا اعلان کر دینا مناسب ہے جس نے ہمارے کئی آدمیوں کو قتل کر دیا ہے!"

یخشی بیگم نے جواب دیا "یہ اس کی خوش قسمتی اور بہادری کی بات ہے کہ اتنے حملہ آوروں میں بھی زندہ اور محفوظ رہا، ورنہ اس کی جگہ اگر کوئی معمولی آدمی ہوتا تو اس کے کب کے ٹکڑے ہو چکے ہوتے۔"

شادی خان نے تلخی سے کہا "میں جنگ بندی کا حکم نہیں دے سکتا، میں اپنے درمیان محبت خان کا وجود برداشت نہیں کر سکتا۔"

یخشی نے گھوم کر اپنے محافظوں کی طرف دیکھا اور انہیں حکم دیا "آگے بڑھو اور بزور جنگ بند کرا دو۔"

اس وقت تک محبت خان کے جسم پر کئی زخم آ چکے تھے اور شادی خان کے کئی آدمی موت کے گھاٹ اتر چکے تھے اور کئی زخمی پڑے سسک رہے تھے۔ یخشی کے سپاہی شور کرتے آگے بڑھے اور شادی خان کے آدمیوں کو حکم دیا "بیگم صاحبہ کے حکم سے جنگ بندی کا اعلان ہو چکا ہے، اپنی تلواریں نیام میں ڈال کر پیچھے ہٹ آؤ۔ ورنہ تمہارے خلاف فوجی کارروائی کی جائے گی۔"

شادی خان کے آدمیوں نے اپنے آس پاس یخشی کے تازہ دم سپاہیوں کو دیکھ کر پیچھے ہٹنا شروع کر دیا۔ اور اپنی تلواریں نیام میں ڈالنے لگے۔ شادی خان بے بسی سے یہ کارروائی دیکھ رہا تھا۔ محبت خان کی سمجھ میں یہ معاملہ نہیں آ رہا تھا۔ وہ بہت تھک چکا تھا اور اس کے زخموں سے خون رس رہا تھا۔ اس نے چٹان سے پشت لگا دی اور دھندلی دھندلی نگاہوں سے اپنے سامنے موجود آدمیوں کو دیکھنے لگا۔ اس نے کرتے کے دامن سے چہرے کا پسینہ پونچھا۔

یخشی آہستہ آہستہ محبت خان کی طرف بڑھی، شادی خان حسد و رقابت سے اسے دیکھتا رہا اور جب بات ناقابل برداشت ہو گئی تو وہ خود بھی یخشی کے پیچھے چلنے لگا۔

محبت خان اپنے سامنے نقاب میں چہرہ چھپاتے بخشی کو حیرت واستعجاب سے دیکھنے لگا۔ بخشی چند لمحوں کے لئے اس کے روبرو کھڑی ہوگئی۔ محبت خان کے لئے کرب واذیت میں آنکھیں کھلی رکھنا بھی دشوار تھا اور آنکھیں بند کرکے بیٹھے رہنا بھی محال تھا۔ اس وقت وہ ایسے بے یارومددگار مسافر کی طرح تھا جو دشمنوں میں پھنسا موت اور زندگی کی امید وبیم میں مبتلا ہوگیا ہو۔

بخشی نے آہستہ سے پوچھا۔ "محبت خان؟"

محبت خان بخشی کی آواز پر ہوش وحواس کھو بیٹھا اور اس کا دل زور زور سے دھڑکنے لگا۔ اس نے ڈوبتی ہوئی آواز میں جواب دیا۔ "ہاں محبت خان!"

شادی خان نے نفرت سے کہا۔ "ہاں محبت خان، قاتل، سرکش اور نافرمان محبت خان۔"

محبت خان کے چہرے پر کرب کے آثار شدید ہوتے جارہے تھے۔ اس نے کرخت آواز میں کہا۔ "تونے مجھ تنہا انسان کو سپاہیوں کے ایک دستے کی مدد سے ہلاک کردینے کی کوشش کی لیکن جسے اللہ رکھے اسے کون چکھے۔ اگر تو میرے مقابلے پر ڈٹا رہتا تو شاید اس وقت تو ہم میں موجود نہ ہوتا۔"

بخشی نے دل آویز لہجے میں کہا۔ "بہادرو! تم دونوں آپس میں جھگڑو مت دوستی کرلو اور اپنے دلوں کے عناد اور بغض کو خلوص اور محبت کے پانی سے دھوڈالو۔"

محبت خان نے کہا۔ "میں شادی خان کو کل تک اپنا دوست ہی سمجھتا تھا لیکن میں ننگی تلواروں کی فضا میں نہتا اپنی تلوار کو نیام میں رکھ کر خودکشی کرنے کا مرتکب ہونا کس طرح گوارا کرسکتا ہوں!"

شادی خان نے غصے میں کہا۔ "لیکن تم نے میری حکم عدولی کی ہے!"

محبت خان نے کہا۔ "لیکن تم حکم دینے والے کون ہو؟"

شادی خان نے جواب دیا۔ "مجھے یہ مرتبہ بخشی بیگم نے عطا کیا ہے۔"

محبت خان نے کہا۔ "مجھے اس کا علم نہیں اور اگر علم ہوتا تب بھی میں تیرا حکم نہ مانتا کیونکہ میرا ہی جیسا کوئی دوسرا شخص جب تک مجھ پر اپنی فوقیت اور برتری ثابت نہ کردے میں اسے اپنے سے بڑا نہیں مان سکتا۔"

شادی خان نے بخشی کو مخاطب کیا۔ "آپ دیکھئے یہ نافرمان میری بے عزتی کر رہا ہے۔"

بخشی نے کہا۔" میں پہلے ہی تم دونوں کو مشورہ دے چکی ہوں کہ دونوں اپنے اپنے دلوں سے کدورتیں دور کر کے دوستی کر لو۔"

محبت خان نے جواب دیا۔" میری شادی خان سے کوئی دشمنی نہیں۔ میں اب بھی اُسے دوست ہی ماننے کو تیار ہوں بشرطیکہ یہ خود بھی مجھے اپنا دوست تسلیم کر لے۔"

بخشی نے شادی خان کو حکم دیا۔" شادی خان! تم میرے کہنے سے محبت خان کی طرف دوستی کا ہاتھ بڑھا دو۔ اس بہادر افغان کی دوستی کسی بھی شخص کے لئے باعث فخر و اعزاز ہو سکتی ہے۔"

محبت خان کھڑا ہو گیا۔ شادی خان متذبذب تھا۔ بخشی نے شادی خان سے کہا۔" ہاتھ بڑھانے میں تم سبقت لے جاؤ۔ کیونکہ پھل دار شاخ ہمیشہ جھکی رہتی ہے۔"

شادی خان نے بدرجہ مجبوری اپنا سیدھا ہاتھ محبت خان کی طرف بڑھا دیا۔ محبت خان بھی اُس کی طرف ہاتھ اٹھا کے بڑھا اور اپنا ہاتھ شادی خان کے ہاتھ میں دے دیا۔ شادی خان نے سرد مہری سے محبت خان کا ہاتھ دبایا اور چھوڑ دیا۔

بخشی نے کہا۔" میرا خیال ہے اب تم دونوں ایک دوسرے کو اپنا دوست سمجھو گے؟"

محبت خان نے جواب دیا۔" میں نے شادی خان کو کبھی بھی اپنا دشمن نہیں سمجھا۔"

شادی خان نے کہا۔" میں واقعی محبت خان کو اپنا دوست ہی سمجھتا اگر اُس نے میرے چند آدمیوں کو ہلاک نہ کیا ہوتا۔"

بخشی بیگم نے جھنجلا کے کہا۔" شادی خان! میں تمہاری عزت کرتی ہوں تم بھی اپنے قول اور فعل سے اس عزت کو قائم رکھنے کی کوشش کرو۔ جب تم دونوں نے ایک دوسرے کی طرف دوستی کا ہاتھ بڑھا کے ملا لیا ہے تو اب اس دوستی کو برقرار بھی رکھو اور اپنے اپنے دلوں سے بغض و عناد کی گرد صاف کر ڈالو۔"

شادی خان چپ ہو رہا اور محبت خان باریک جالیوں میں چھپے ہوتے بخشی کے حسین چہرے کو دیکھنے کی کوشش کرنے لگا۔

❖ ❖ ❖

بخشی، محبت خان کو اپنے ساتھ ہی لے آئی تھی۔ اُس نے اپنے طبیب خاص سے محبت خان کا علاج کرایا۔ یہی طبیب شادی خان کا علاج بھی کر رہا تھا اور یہ بھی بخشی کے قریب ہی

رد رہا تھا۔ بخشی چوبیس گھنٹوں میں زیادہ سے زیادہ دو بار محبت خان کی مزاج پرسی کو مڑ جاتی۔ اُس نے اپنے چہرے سے نقاب بھی دُور کر دی تھی۔ بے نقاب چہرے نے محبت خان کو کہیں کا بھی نہ رکھا اور اُسے شاید زندگی میں پہلی بار یہ معلوم ہوا کہ حسن میں کتنی طاقت ہوتی ہے اور شاعر محبوب کی لمبی لمبی پلکوں کو تیر و سنان سے کیوں تشبیہہ دیتے ہیں۔ وہ محبت خان کے پاس آتی اور چند لفظوں میں اس کی خیریت پوچھ کر واپس چلی جاتی۔ محبت خان معلوم نہیں کیوں، شادی خان کے بارے میں کچھ جاننا چاہتا تھا۔ وہ یہ بھی چاہتا تھا کہ بخشی اُس کے پاس زیادہ دیر ٹھہرے۔ وہ اسے کس طرح روکے۔ یہ بات اُس کی سیدھی سادی عقل میں نہیں آتی تھی۔ بخشی محض حسین ہی نہ تھی بلکہ اُس کے چہرے پر ایک قسم کا رعب بھی تھا۔ وہ اس کے چہرے کو زیادہ دیر تک نہیں دیکھ سکتا تھا۔

اُس کے زخم مندمل ہو چلے تھے اور اب اُسے یہ فکر پریشان کر رہی تھی کہ زخموں کے مندمل ہوتے ہی بخشی اُسے رخصت کر دے گی۔ ایک دن، شام کے وقت طبیب اُس کے پاس بیٹھا زخموں کو دیکھ رہا تھا کہ بخشی بھی وہیں پہنچ گئی۔ اُس نے طبیب سے پوچھا "اس کے زخم کب تک بالکل بھر جائیں گے؟"

طبیب نے جواب دیا "زیادہ سے زیادہ تین دن اور لگیں گے۔"

بخشی نے کہا "اور صحت مند ہونے میں کتنے دن لگیں گے؟"

طبیب نے جواب دیا "زخموں سے خون اتنا بہا ہے کہ اس کمی کی بحالی میں کافی دن لگ جائیں گے۔"

بخشی نے طبیب کو حکم دیا "اب تم جا سکتے ہو۔"

طبیب اسی وقت چلا گیا۔ بخشی، محبت خان کو دیکھنے لگی۔ محبت خان نظریں چرانے لگا۔ کچھ دیر تک دونوں ہی خاموش رہے۔ آخر یہ سکوت بخشی نے توڑا "تم نے شادی خان کا حکم کیوں نہیں مانا تھا؟"

محبت خان نے جواب دیا "مجھے شادی خان کی اصل حیثیت کا اب تک علم نہیں، میں حاجی پور کو ایک خاندان اور اُس خاندان کے سربراہ کی حیثیت سے آپ کی ذات سے واقف ہوں، بقیہ کون کیا ہے؟ میں نہیں جانتا۔"

بخشی نے آہستہ سے کہا "ہونہہ۔ لیکن تمہیں جھگڑے کو اس حد تک طول نہیں دینا چاہیے تھا۔"

محبت خان نے جواب دیا "جھگڑے کو طول میں نے نہیں خود شادی خان نے

دیا تھا۔"

"کیا تم نے شادی خان کو دل سے اپنا دوست بنا لیا ہے؟"

"ہاں۔" محبت خان نے جواب دیا۔ "گو کہ اس نے میرے ساتھ زیادتی کی ہے لیکن میں نے آپ کی خواہش اور خوشی کی خاطر اسے اپنا دوست بنا لیا ہے۔"

بخشی نے کہا۔ "میں نے شادی خان کو بھی سمجھا دیا ہے، لیکن جہاں تک میں اسے سمجھ سکی ہوں، اس کا سینہ کسی وقت بھی کینے سے خالی نہیں رہتا، اس سے ہوشیار رہنا۔"

محبت خان نے جوش میں کہا۔ "میں شادی خان تو شادی خان، لودھی حکمران تک سے نہیں ڈرتا۔ شادی خان اگر میری پشت سے وار نہیں کرے گا تو اسے منہ توڑ جواب دیا جاتے گا۔"

بخشی نے کہا۔ "لیکن میں یہ بھی پسند نہیں کرتی کہ تم دونوں برابر جھگڑتے رہو۔"

محبت خان نے جواب دیا۔ "میں آپ کو یقین دلاتا ہوں کہ شادی خان سے جھگڑے میں پہل نہیں کروں گا۔"

بخشی نے کوئی جواب دیئے بغیر اس کی طرف سے منہ پھیر لیا اور چلی گئی۔ محبت خان اس کی اس کج ادائی کو دیکھتا رہ گیا۔

طبیب نے اس کا علاج بند کر دیا تھا، محبت خان کو بدستور شادی خان کی فکر لگی ہوئی تھی۔ اس نے سوچا، شادی خان کی بابت اگر کوئی شخص کچھ بتا سکتا ہے تو وہ طبیب ہے۔ اس نے ڈرتے ڈرتے طبیب سے پوچھ ہی لیا۔ "یہ شادی خان کا کیا حال ہے؟ اس کا علاج جاری ہے یا ختم ہو چکا۔"

طبیب نے محبت خان کو کچھ عجیب سی نظروں سے دیکھا۔ محبت خان نے کہا۔ "تم میری صورت کیا دیکھ رہے ہو، میری بات کا جواب کیوں نہیں دیتے؟ شادی خان کہاں ہے؟"

طبیب نے جواب دیا۔ "شادی خان کب کا اچھا ہو چکا اور اب وہ اپنے گھر جا چکا ہے۔"

محبت خان نے کہا۔ "اس کا گھر کہاں ہے؟"

طبیب نے چڑ کر جواب دیا۔ "تم شادی خان کی فکر مت کرو، تم کسی اچھے خاندان کے نوجوان نظر آتے ہو، حاجی پور کتنے دنوں کے لئے آئے ہو؟"

محبت خان نے کہا۔ "یہ مجھے معلوم نہیں یہاں کتنے دن رہوں گا اور شاید مستقلاً ہی رہ جاؤں۔"

طبیب نے کہا۔ "تم جنگ جو لوگوں کا اصل ٹھکانا میدان جنگ ہے جو دنیا کے بہادروں کو زیر کر لیتے ہیں، انہیں عورتوں کے ہاتھوں مفتوح نہیں ہونا چاہیئے۔"

محبت خان اس کا مطلب سمجھ رہا تھا، طبیب فوراً ہی چلا گیا۔

بعد میں اُسے بخشی کا یہ پیغام ملا کہ وہ کہاں رہنا پسند کرے گا؟ شادی خان سے خوشگوار تعلقات کے پیش نظر بخشی کو اس بات کی فکر لاحق ہو گئی تھی، اس نے اپنے پیغام سے یہ واضح کر دیا تھا کہ اگر وہ بخشی کے مہمان رہنے کے بجائے کہیں اور رہنے کی خواہش رکھتا ہے تو اس میں بخشی کو کوئی اعتراض نہ ہوگا بلکہ اس صورت میں اسے محبت خان کی فکر ضرور لگی رہے گی کیونکہ اسے شادی خان پر زیادہ اعتبار نہیں تھا، لیکن اگر محبت خان محل میں اس کے قریب ہی رہے گا تو بخشی اس کی جان و مال کی ضامن بنی رہے گی۔ محبت خان نے اس پیغام کے جواب میں فوراً ہی یہ کہلا دیا کہ وہ محل میں بخشی کے قریب ہی رہنے کا خواہشمند ہے۔ بخشی نے اسے اپنے محل کے قریب ہی رہنے کی جگہ دے دی۔

ایک عرصے بعد شادی خان اس سے ملنے آیا۔ بولا۔ "دوست محبت خان! سنتے ہیں بخشی تم پر بہت مہربان ہے۔"

محبت خان نے جواب دیا۔ "نہیں ایسی کوئی بات نہیں۔"

شادی خان نے اپنے آس پاس نظریں ڈالیں اور سرگوشی میں کہا۔ "محبت خان! تم ایک غیرت مند بہادر افغان ہو، میری تمہاری کوئی دشمنی بھی نہیں، کیا تم میری نصیحتیں سننا گوارا کرو گے؟"

محبت خان نے طنزاً کہا۔ "نصیحتیں تو کسی سے بھی سن سکتا ہوں لیکن ان پر عمل پیرا ہونے کا وعدہ نہیں کر سکتا۔"

شادی خان نے سرگوشی میں کہا۔ "بخشی کی باتوں پر کبھی اعتبار نہ کرنا، بڑی ظالم عورت ہے، کتنے ہی بہادروں کو روباہ بنا کے چھوڑ دیا ہے۔"

محبت خان نے کہا۔ "یہ میں پہلے ہی کہہ چکا ہوں کہ نصیحتیں تو میں کسی سے بھی سن سکتا ہوں لیکن ان پر عمل پیرا ہونے کا کوئی وعدہ نہیں کر سکتا۔"

شادی خان نے چیں بہ جبیں ہو کر کہا۔ "تم پرلے درجے کے احمق ہو میں تمہارے بھلے کو کچھ باتیں بتا رہا ہوں اور تم ان پر عمل نہیں کرنا چاہتے۔"

محبت خان نے بھنویں چڑھا لیں۔ بولا۔ "خدا کی قسم، اگر میں بخشی سے جھگڑا نہ کرنے کا عہد نہ کر چکا ہوتا تو اس وقت تمہیں احمق کہنے کی سزا ضرور دیتا۔"

شادی خان نے اس کا منہ چڑایا۔ بولا "اس دن اگر یخشی نہ پہنچ گئی ہوتی تو آج
تمہاری ہڈیوں کا بھی پتہ نہ ہوتا۔"
محبت خان نے تحمل سے کہا "اور شاید تمہاری بھی۔"
شادی خان غصے میں اٹھ کر چلا گیا۔
اس شام اس کے پاس یخشی بھی پہنچ گئی۔ سیاہ کپڑوں میں ملبوس یخشی قیامت
بنی ہوئی تھی، اس وقت وہ بہت اداس تھی، آتے ہی محبت خان سے پوچھا "کیا آج تمہارے
پاس شادی خان آیا تھا؟"
محبت خان نے جواب دیا "ہاں آیا تھا، کیوں، کوئی خاص بات؟"
یخشی نے افسردہ لہجے میں پوچھا "وہ کیا کہہ رہا تھا؟"
محبت خان نے کہا "وہ مجھے احمق کہتا تھا اور اگر میں نے آپ سے یہ وعدہ نہ کر لیا
ہوتا کہ شادی خان سے نہیں جھگڑوں گا تو آج اسے میں احمق کہنے کا مزہ ضرور چکھا دیتا۔"
"اور کیا کہتا تھا؟"
"اور کیا کہتا۔" محبت خان پس و پیش میں پڑ گیا کہ شادی خان کی ساری باتیں یخشی
کو بتائے یا نہ بتائے۔
یخشی نے کہا "کس سوچ میں پڑ گئے؟ وہ اور کیا کہتا تھا؟"
محبت خان نے جواب دیا "وہ کہتا تھا، میں آپ کی باتوں پہ اعتبار نہ کروں، آپ بڑی
ظالم ہیں۔ آپ نے کتنے ہی بہادروں کو روباہ بنا کے چھوڑ دیا ہے۔"
یخشی کے چہرے پہ اور زیادہ اداسی پھیل گئی، بولی "محبت خان! شادی خان جھوٹا
ہے، میں نہ تو ظالم ہوں اور نہ ہی بے وفا۔" پھر اس نے اپنے سیاہ لباس کی طرف اشارہ کرتے
ہوئے کہا "تم میرا یہ سیاہ لباس دیکھ رہے ہو؟"
محبت خان اس کا سیاہ لباس بغور دیکھنے لگا۔ یخشی کہتی رہی۔ "آج میرے مرحوم
شوہر کی برسی ہے۔ آج اسے مرے ہوئے پورے چار سال بیت گئے ہیں۔ لیکن تم یقین کرو،
وہ مجھے آج بھی یاد ہے، ہنوز روزِ اوّل کی طرح۔ میں اسے بھلا دینا چاہتی ہوں لیکن
نہیں بھلا پائی۔"
محبت خان کو یخشی پر بڑا ترس آیا، یخشی کی آنکھیں آنسوؤں سے تر ہو گئی تھیں
وہ رک رک کر بولتی رہی "شادی خان مجھے ظالم کہتا ہے حالانکہ میں نے اس پر کوئی ظلم
نہیں کیا۔ نہ ہی میں نے کسی بہادر کو روباہ بنایا۔ یہ مجھ پر الزام ہے، بہتان ہے، تہمت ہے

افسوس کہ میں شادی خان کو اس الزام کی سزا کبھی نہیں دے سکتی۔"

محبت خان نے کہا۔ "لیکن میں آپ کے ہر حکم کی بجا آوری کو حاضر ہوں کہیئے تو میں شادی خان کو نہ سزا دوں کہ پھر کبھی بھی آپ کو ظالم نہ کہہ سکے۔"

یخشی نے رومال سے آنسو پونچھے، بولی۔ "نہیں، میں شادی خان کو کچھ بھی نہ کہوں گی، اس کی ناک بالکل میرے مرحوم شوہر جیسی ہے اور اس کی بھنویں بھی میرے مرحوم شوہر کی طرح ہیں، بس انہی مشابہتوں نے مجھے اس پر مجبور کر دیا ہے کہ میں شادی خان سے محبت کروں، میں شادی خان کو چاہتی ہوں اگر میں شادی خان کے بقول ظالم ہوتی تو آج کے بعد وہ حاجی پور میں نظر بھی نہ آتا، لیکن میں ایسا نہیں کر سکتی۔"

محبت خان کو چکر آنے لگا، ایسا لگا، جیسے دنیا گھوم رہی ہے، یخشی برملا اظہار کر رہی تھی کہ وہ شادی خان کو چاہتی ہے، اس سے محبت کرتی ہے، اس نے سوچا، اگر یہ درست ہے تو پھر یخشی کے دل میں محبت خان کا کیا مقام ہوگا؟ شاید کچھ بھی نہیں۔ اس کا دل حاجی پور سے ایک دم اچاٹ ہو گیا۔

یخشی کی آنکھیں ڈبڈبا گئی تھیں۔ اس نے کہا۔ "تم خود کو ہی لے لو میں چاہتی تو تمہیں شادی خان کے ہاتھوں قتل ہو جانے دیتی۔ لیکن میں ایسا کس طرح چاہ سکتی تھی، محبت خان! افسوس کہ تم نے میرے شوہر کو نہیں دیکھا اگر دیکھتے تو یہی کہتے کہ اس کی آنکھیں تو بالکل میری جیسی ہیں اور اس کے ہونٹ تو بالکل ہو بہو تمہارے جیسے تھے، تمہارے بال بھی بالکل میرے مرحوم شوہر کی طرح ہیں اور جب تم چلتے ہو تو جس نے بھی میرے شوہر کو دیکھا ہے تمہیں چلتا دیکھ کر یہی کہے گا کہ حاجی پور کا مرحوم قلعے دار چل رہا ہے۔ تمہاری انہی خصوصیات نے مجھے تمہاری طرف راغب کر دیا ہے اور آج میں اپنے دل میں تمہارے لئے بھی کسک محسوس کرنے لگی ہوں، کیا تم بھی مجھے ظالم کہہ سکتے ہو؟"

محبت خان کو حاجی پور پھر دلکش نظر آنے لگا اس نے بشاش لہجے میں کہا۔ "میں آپ کو ظالم نہیں کہہ سکتا۔"

یخشی نے آہستہ سے اس کا ہاتھ پکڑ لیا، بولی۔ "تب پھر تم مجھے سہارا دو، میری مدد کرو، میں اپنی مدد پر کسی بھی جیالے کو بآسانی آمادہ کر سکتی ہوں، لیکن میں ایسا نہیں کروں گی، مجھے ان مردوں کی تلاش رہتی ہے جن میں میرے شوہر مرحوم کی مشابہتیں پائی جاتی ہیں مجھے اپنے شوہر سے عشق تھا اور یہی وجہ ہے کہ میں ہر اس شخص سے عشق کرنے پر مجبور ہوتی جس میں میرے مرحوم شوہر کی شبیہ موجود ہو۔"

محبت خان نے بخشی کے گلابی ہاتھ آہستہ سے دبائے اور پھر انہیں اپنے ہونٹوں سے لگا لیا۔ بخشی نے کوئی مزاحمت نہ کی۔ محبت خان کے دل و دماغ غبارے کی طرح بلندی میں اڑنے لگے۔ اسے بخشی کے سوا دنیا کی ہر شے ہیچ اور کمتر نظر آ رہی تھی۔

★ ★ ★

اب وہ بخشی کا فرماں بردار ملازم بھی تھا اور سعادت مند عاشق بھی۔ اب اس کی نظر میں شادی خان بھی کچھ نہ تھا۔ اس نے کئی بار بخشی کو شادی خان کے خلاف سمجھایا بھی لیکن بخشی نے اس کا کوئی خاص اثر نہیں لیا۔ شادی خان بھی اس تماشے کو فکر اور تشویش سے دیکھ رہا تھا۔ اس نے کئی بار محبت خان کو تنبیہہ بھی کی کہ زیادہ نہ اکڑے، ورنہ سارا نشہ اکھڑ جائے گا۔ محبت خان نے ہمیشہ یہی کہا کہ اب وہ کسی سے نہیں ڈرتا۔ خدا اور قسمت اس پر مہربان ہیں اس لئے اس کا کوئی کچھ بھی نہیں بگاڑ سکتا۔

لیکن خود بخشی کو اس لڑائی جھگڑے سے نفرت تھی۔ وہ دونوں ہی کو پُر سکون رہنے کی تلقین کرتی رہتی۔

اس دن بخشی محبت خان کے ساتھ باغیچے میں چہل قدمی کر رہی تھی۔ بخشی اس سے ابراہیم لودھی اور اس کے درباریوں کے بارے میں طرح طرح کے سوالات کر رہی تھی اور محبت خان کو جس شے کے بارے میں جتنا علم تھا اُن کا اتنا ہی جواب دیئے جا رہا تھا۔

بخشی نے پوچھا۔ "آخر افغان امراء ابراہیم لودھی سے بدظن اور نالاں کیوں رہتے ہیں؟"

محبت خان نے جواب دیا۔ "ابراہیم لودھی ہر شخص کو ملازم سمجھ لیتا ہے اور اس کی اس ہٹ دھرمی اور ظلم نے ہر شخص کو اس کا دشمن بنا ڈالا ہے۔"

بخشی نے ہنس کر کہا۔ "تعجب ہے کہ پورے ہندوستان کا بادشاہ لودھی اپنی سلطنت کا انتظام نہیں کر سکتا۔"

محبت خان نے کہا۔ "لوگوں کے دلوں کو محبت اور خلوص سے تو جیتا جا سکتا ہے لیکن نفرت اور سا کرتوتوں سے یہ کام نہیں ہو سکتا۔ ابراہیم لودھی سارے کام طاقت اور نفرت سے نکال لینا چاہتا ہے جو ناممکن ہے۔"

بخشی نے جلدی جلدی پلکیں جھپکاتے ہوئے کہا۔ "محبت خان! تم شادی خان کو سمجھاؤ۔ وہ بے کار باتوں میں اپنا وقت ضائع نہ کرے۔ میرے دل میں اس کے لئے بڑی

عزت موجود ہے۔"

محبت خان نے جواب دیا۔"لیکن میں خود آپ کو یہی مشورہ دینا چاہتا ہوں کہ کردار بڑی اہم شے ہے اس کی ہر قیمت پر حفاظت کرنی چاہیئے۔ شادی خان سے بچے رہنا ہی بڑی عقلمندی کی بات ہوگی مجھے یہ شخص کچھ جچا نہیں۔ ممکن ہے اس کی خوبیاں میں نہ دیکھ سکا ہوں اور آپ نے دیکھ لی ہوں۔"

بخشی نے اسے ڈانٹ کر بولی۔"محبت خان! میں نے تمہیں یہ حق نہیں دیا ہے کہ تم شادی خان کو برا بھلا کہنے لگو۔ میں ایک بار پھر تمہیں یہ یاد دلاؤں گی کہ تم دونوں نے آپس میں نہ جھگڑنے کا مجھ سے عہد کیا ہے اور تم دونوں میں سے جو بھی اس عہد کی خلاف ورزی کرے گا، میری نظروں سے گر جائے گا۔"

محبت خان نے بخشی کے دل میں جگہ تو بنا لی تھی لیکن شادی خان کو اس کے دل سے نہیں نکال سکا تھا۔ وہی جذبہ حسد و رقابت جو پہلے شادی خان کے دل میں محبت خان کے خلاف پایا جاتا تھا، اب محبت خان میں پیدا ہو چکا تھا۔ بخشی اپنی مرضی کی مالک تھی اسے جبراً اپنی مرضی پر نہیں چلایا جا سکتا تھا۔ آخر یہ سوچ کر اس نے اپنے دل کو تسلی دی کہ جس طرح اس نے بخشی کے دل میں جگہ بنانے میں کامیابی حاصل کی ہے اسی طرح ایک نہ ایک دن وہ شادی خان کو اس کے دل سے نکال دینے میں بھی کامیاب ہو جائے گا۔

رات کو کھانے میں تینوں ایک ساتھ بیٹھے۔ بیچ میں بخشی بیٹھی تھی اور آس پاس محبت خان اور شادی خان بیٹھ گئے۔ بخشی کی کنیزیں اور خدمت گار مؤدب پیچھے کھڑے ہو گئے۔ بخشی فرمائش کر کر کے دونوں کو کھلاتی رہی خود بہت کم کھا رہی تھی۔ دونوں ہنس ہنس کے کھا رہے تھے اور آپس میں ہنسی مذاق بھی کرتے جا رہے تھے لیکن دونوں کے انداز یہ بتاتے تھے کہ ان کے دل ایک دوسرے سے صاف نہیں ہیں۔ چالاک بخشی بھی ان دونوں کی اندرونی کشمکش اور کیفیت سے بخوبی واقف تھی۔ اس موقع پر بخشی نے بڑی دلچسپ اور نفسیاتی گفتگو شروع کی۔ اس نے محبت خان سے دریافت کیا۔"محبت خان! تمہارے والد نے کتنی شادیاں کی تھیں؟"

محبت خان نے جواب دیا۔"دو مر گئیں، ایک زندہ ہے۔"

بخشی نے شادی خان سے سوال کیا۔"اور شادی خان تمہارے باپ نے؟"

شادی خان نے جواب دیا۔"دو شادیاں اور یہ دونوں ہی پٹیالی میں زندہ ہیں۔"

بخشی نے کہا۔"خدا نے مردوں کو بڑی چھوٹ دی ہے، کیا ایک عورت ایک وقت میں دو مردوں سے شادی نہیں کر سکتی؟"

محبت خان نے ناگواری سے جواب دیا۔"نہیں ایسا نہیں ہو سکتا۔"

بخشی نے شادی خان کی طرف دیکھا اور پوچھا۔"اس سلسلے میں تم کیا کہتے ہو؟"

شادی خان نے جواب دیا۔"کم از کم ایک افغان یہ بے غیرتی برداشت نہیں کر سکتا۔"

محبت خان نے کہا۔"کبھی بھی نہیں، کسی حالت میں بھی نہیں، اس بے غیرتی سے موت ہزار درجہ بہتر ہے۔"

بخشی نے ہنس کر مذاقاً پوچھا۔"اگر ایسا تجربہ کیا جائے تو کیسا رہے؟"

محبت خان نے نفرت سے جواب دیا۔"اس میں ایک آدھ کی جان جا سکتی ہے!"

شادی خان نے کہا۔"افغان اپنی غیرت سے پہچانا جاتا ہے۔"

بخشی نے کسی چیز کا شوربا پینا شروع کر دیا، پھر منہ پونچھتی ہوئی بولی۔"یہ تجربہ میں کرنا چاہتی ہوں، میں چاہتی ہوں تم دونوں آپس میں دوستی اور یگانگت کو برقرار رکھو اور میرے لئے درد سر کا باعث نہ ہو۔"

دونوں کو جیسے سانپ سونگھ گیا ہو۔ دونوں کے چہرے تمتمانے لگے۔ محبت خان کا نوالہ ہاتھ سے چھوٹ گیا۔ بولا۔"کم از کم میں! اس صورتِ حال کو برداشت نہیں کر سکتا۔ اور حاجی پور سے کہیں اور چلا جاؤں گا۔"

شادی خان نے خوشی کا اظہار کیا، بولا۔"محبت خان! تم نے بالکل صحیح فیصلہ کیا۔ میں تمہارے فیصلے پر مبارک باد دیتا ہوں، تم جتنی جلدی حاجی پور سے چلے جاؤ گے تمہارے حق میں بہتر ہوگا۔"

محبت خان نے نوالہ پھر اٹھا لیا اور اسے منہ میں رکھتا ہوا بولا۔"میں تمہیں خوش کرنے کے لئے حاجی پور نہیں چھوڑوں گا۔ میں کیوں جاؤں۔ حاجی پور تو تمہیں چھوڑنا چاہیے۔"

بخشی کو ہنسی آ گئی۔ اس کے منہ سے شوربا بہہ نکلا۔ بولی۔"خوب گویا تم دونوں ہی میرے پاس رہنا چاہتے ہو۔"

محبت خان نے کہا۔"شادی خان مجھے چلتا کر کے خود تمہارے پاس ہی رہنا چاہتا ہے اور یہ ظاہر ہے کہ میں اس کو اتنا خوش قسمت نہیں بننے دوں گا۔"

شادی خان نے طنزاً سوال کیا۔ "تو کیا تم یہ سمجھتے ہو کہ میں تمہیں بخشی کے پاس چھوڑ کے چلا جاؤں گا۔"

بخشی نے کہا۔ "میں خود بھی یہی چاہتی ہوں کہ تم دونوں ہی میرے پاس رہو۔ اور ایک دوسرے کو اپنا دوست سمجھنے لگو اور اگر تم دونوں ہی مجھے چاہتے ہو تو تمہیں میری یہ بات ماننی پڑے گی۔"

محبت خان خاموش ہو گیا اور شادی خان اُسے دیکھ دیکھ کر مسکرانے لگا۔

بخشی نے کہا۔ "تم دونوں میں میرے مرحوم شوہر کی مشابہتیں پائی جاتی ہیں اس لئے میں دونوں کو اپنے پاس رکھنا چاہتی ہوں۔"

محبت خان نے طنزاً پوچھا۔ "اگر دو چار ایسے آدمی اور مل گئے جن میں تمہارے شوہر مرحوم کی مشابہتیں موجود ہوں تو ان کے ساتھ تمہارا کیا سلوک ہوگا؟"

شادی خان نے بخشی کو محبت خان کے خلاف چڑھایا۔ "اس گستاخی کا بھی کوئی جواب ہے، محبت خان کو ایسی بات نہیں کرنی چاہیئے۔"

محبت خان نے جواب دیا۔ "یہ تین افراد کی بے تکلف مجلس ہے اس میں ہمیں آزاد گفتگو سے گریز نہیں کرنا چاہیئے۔ یہ ہمارا حق ہے۔"

بخشی نے مسکرا کر محبت خان کی تائید کی، بولی۔ "میں تمہاری بات سے متفق ہوں۔" پھر شادی خان کو مسکرا کر دیکھا اور کہنے لگی ——— "شادی خان! آخر میں بھی تو کچھ اسی قسم کی گفتگو کر رہی ہوں۔"

محبت خان نے کہا۔ "پھر میرے سوال کا جواب عنایت ہو۔"

بخشی نے جواب دیا، میرے شوہر جیسی مشابہتیں اور مماثلتیں رکھنے والوں کو میرے سامنے آنے تو دو۔ پھر کوئی فیصلہ کروں گی۔"

محبت خان کو ایک عورت کی ایسی صاف گوئی پسند نہ آئی۔ وہ اداس ہو گیا لیکن شادی خان اتنا اُداس نہ تھا۔ وہ محبت خان کو اداس دیکھ کر خوش ہو رہا تھا۔ کیونکہ محبت خان کی اداسی اور افسردگی کسی وقت بھی اُس کا بخشی سے پیچھا چھڑا سکتی تھی۔ یہ اُداسی کا دورہ اُس پر کئی دن تک پڑا۔ چالاک بخشی اُس کی اس کیفیت کو گہری نظروں سے دیکھتی اور اس کا سبب سمجھتی رہی۔ اسی دوران لودھی دربار کے چند افراد پر مشتمل ایک وفد آ گیا۔ یہ وفد بخشی سے امداد و اعانت حاصل کرنے آیا تھا۔ ابراہیم لودھی نے اس سے پانچ ہزار فوجی، ایک ہزار گھوڑے اور پچیس ہاتھی طلب کیئے تھے کیونکہ فرغانہ کا مغل فرماں روا بابر دہلی کی طرف بڑھا

چلا آرہا تھا۔ بخشی نے دوقدس سے بات چیت کرنے پر شادی خان کو متعین کردیا۔ محبت خان نے بخشی سے درخواست کی کہ اسے بھی فوجیوں کے ساتھ بابر کے مقابلے پر روانہ کردیا جاتے لیکن بخشی نے اس کی درخواست مسترد کردی، بولی۔ "محبت خان! تم یہیں حاجی پور میں رہو اگر کسی اچھے فوجی کا بھیجنا ضروری ہوا تو میں شادی خان کو روانہ کردوں گی۔"

محبت خان کے دل میں امید کی کرن پھر طلوع ہو گئی۔ پوچھا۔ "کیا شادی خان اس مہم میں شامل ہو جانا بآسانی قبول کرے گا؟"

بخشی نے تیوریوں پہ بل ڈال کے کہا۔ "کیا مطلب؟ شادی خان میرا ملازم بھی ہے۔ کیا وہ میرے حکم کے خلاف دم مارنے کی بھی ہمت کر سکتا ہے؟"

محبت خان کی آنکھوں میں محبت کی شراب چھلکنے لگی، سامنے بخشی بھی مسکرا رہی تھی اور اس کی آنکھیں بھی کچھ چاہنے کی مستی سے لبریز ہو گئی تھیں۔ اچانک اس پر غشی کا دورہ پڑا اور وہ گرنے لگی لیکن اس گرنے میں بھی اتنا ہوش موجود تھا کہ اس نے محبت خان کا شانہ پکڑ لیا۔ محبت خان نے بھی اسے اپنے ہاتھوں میں لے لیا۔ بخشی میں اتنی طاقت بھی نہ رہی تھی کہ اپنی مرضی اور اختیار سے ذرا سی جنبش تک کر سکتی۔ محبت خان نے اسے اپنے ہاتھوں پر اٹھا لیا اور اسے اس کی منقش اور آبنوسی مسہری تک لے گیا۔ مسہری پر ریشمی چادر بچھی تھی اور سرہانے دو تکیے رکھے تھے جن پر دھوپ چھاؤں کے ریشمی غلاف چڑھے تھے پائنتی ہلکی دلائی پڑی تھی۔ محبت خان نے بخشی کو مسہری پر ڈال دیا۔ وہ بہت گھبرایا ہوا تھا کہ بخشی کو معلوم نہیں کیا ہو گیا ہے وہ اس پر جھک گیا اور بے تابی سے پکارنے لگا۔ "بخشی، بخشی! آنکھیں کھولئے، یہ آپ کو کیا ہو گیا ہے، خیریت تو ہے؟"

بخشی نے کوئی جواب نہ دیا، بس پھٹی پھٹی نظروں سے اسے دیکھتی رہی محبت خان نے اسے شانے سے پکڑ کر ہلایا۔ "یہ آپ کو کیا ہو گیا ہے بخشی؟ کچھ بولئے تو!"

بخشی نے زیر لب کچھ کہا، جو محبت خان کی سمجھ میں نہ آیا۔

محبت خان نے پوچھا۔ "کیا میں آپ کے طبیب خاص کو بلوالوں؟"

* * *

بخشی نے بے چینی سے نفی میں گردن ہلانی شروع کر دی۔ محبت خان نے پھر پوچھا۔ "پھر میں کیا کروں؟ یہ آپ کو کیا ہو گیا ہے بخشی؟"

بخشی نے ہاتھ کے اشارے سے، زور زور سے ہانپتے ہوتے سامنے کے دروازے

کو بند کر دینے کی خواہش کی۔ محبت خان نے فوراً ہی دروازہ بند کر دیا اور دوبارہ بخشی کے پاس چلا گیا۔ بخشی نے اُسے کھڑے دیکھ کر ہاتھ کے اشارے سے مسہری پر بیٹھ جانے کا اشارہ کیا۔ محبت خان ڈرتے ڈرتے جھجکتے جھجکتے مسہری کی پٹی پر بیٹھ گیا۔ بخشی نے وارفتگی میں محبت خان کا ہاتھ اپنے ہاتھ میں لے لیا اور خفیف آواز میں بولی "محبت خان مجھے وحشت ہو رہی ہے، مجھے معلوم نہیں کیا ہو گیا ہے، میرے سینے میں درد ہو رہا ہے۔"

محبت خان نے گم صم انداز میں پوچھا "کہاں؟ درد؟ کیسا درد؟"

بخشی نے اس کا ہاتھ اپنے سینے پر رکھنا چاہا لیکن محبت خان نے کھینچ لیا۔ بخشی نے کہا "بائیں طرف پسلیوں کے اندر بڑا درد ہو رہا ہے، محبت خان" پھر وہ بلک بلک کر رونے لگی "محبت خان! تم سمجھتے کیوں نہیں، میں مر جاؤں گی، یہ درد میری جان لے کر ٹلے گا میں مر جاؤں گی محبت خان۔"

سادہ لوح محبت خان پریشان ہوتا جا رہا تھا، وحشت سے پوچھا "آخر یہ کیسا درد ہے بخشی؟ مجھے کچھ کھل کے تو بتا دیجیے؟"

بخشی نے مخمور نظروں سے محبت خان کو دیکھا اور کرب ناک مسکراہٹ سے اُس کا ہاتھ اپنے سینے پر رکھ لیا اور سسکتی ہوئی بولی "میں تمہیں اتنا سادہ لوح نہیں سمجھتی تھی محبت خان" اُس کی آنکھیں بند تھیں اور وہ محبت خان کے ہاتھ کو دبا دبا کے اور سہلا سہلا کے کہتی رہی "تمہارا دل پتھر کا ہے محبت خان، کیا میں نے تمہیں اپنے دل کی یہ بات اشاروں میں نہیں بتا دی تھی کہ تم میں میرے مرحوم شوہر کی بہت ساری علامتیں اور مشابہتیں موجود ہیں، میں نے تمہیں نہیں، اپنے مرحوم شوہر کو پا لیا ہے تم مجھے سمجھنے کی کوشش کرو محبت خان!"

اب محبت خان سب کچھ سمجھ چکا تھا، اُس نے ایسا محسوس کیا، جیسے حاجی پور کا اقتدار اُس کے قدموں میں پڑا بوسہ دے رہا ہے۔ حاجی پور کا ہر گھرانہ، ہر فرد اس کی قدم بوسی کر رہا ہے۔ انہی لوگوں میں شادی خان بھی موجود تھا، لیکن اب وہ پہلے جیسا شادی خان نہیں تھا۔ اُس نے تصور کی آنکھوں سے شادی خان کو اپنے روبرو مؤدب کھڑا دیکھا۔

بخشی نے ایک طرف کھسکتے ہوئے کہا "ادھر آجاؤ محبت خان، میرے دل میں سما جاؤ۔"

محبت خان نے ایک معمول کی طرح خود کو بخشی کے حوالے کر دیا۔

* * *

یخشی نے ابراہیم لودھی کے وفد سے وعدہ کرلیا کہ وہ بادشاہ کی مطلوبہ امداد ایک ماہ کے اندر اندر آگرے روانہ کردے گی۔ یہ سارے معاملات شادی خان کے ذریعے طے پارہے تھے۔ محبت خان کو وفد سے نہیں ملنے دیا گیا تھا، محبت خان نے وفد کے ارکان سے ملنے کی خواہش بھی کی لیکن یخشی نے یہ کہہ کر ٹال دیا کہ اب اس کی پہلی جیسی حیثیت نہیں رہی۔

شادی خان ابراہیم لودھی کو بھیجی جانے والی امداد کی فراہمی میں مشغول ہو گیا۔ محبت خان شب و روز یخشی کے قریب رہنے لگا، ان دنوں وہ خود کو دنیا کا خوش قسمت ترین انسان سمجھ رہا تھا۔ ان آسائشوں میں اسے اپنی ماں اور بہن کی یاد بھی آئی اور اس نے دل میں یہ فیصلہ کیا کہ کچھ دنوں بعد وہ ان دونوں کو بھی حاجی پور ہی میں بلالے گا۔ اسے ابھی تک یہ نہیں معلوم ہوا تھا کہ دونوں ابراہیم لودھی کے عتاب کا شکار ہیں۔

شادی خان نے پانچ ہزار سپاہ، ایک ہزار گھوڑوں اور پچیس ہاتھیوں کا انتظام کر لیا تھا۔ انہیں قلعے کے سامنے میدان میں یخشی کے معائنے کی خاطر کھڑا کر دیا گیا۔ یخشی ایک ابلقی گھوڑے پر سوار ہو کے اس میدان میں پہنچ گئی۔ اس کے ساتھ ساتھ محبت خان بھی اپنے سیاہ گھوڑے پر سوار چل رہا تھا۔ یخشی کے چہرے پر باریک جالی کی سیاہ نقاب پڑی ہوئی تھی۔ شادی خان بھی اپنے سیاہ گھوڑے پر سوار یخشی کو معائنہ کرا رہا تھا۔ یخشی کا سر تمکنت سے ذرا اونچا ہو گیا تھا۔ اس نے شادی خان سے پوچھا "کیا یہ سپاہ تربیت یافتہ ہے؟"

شادی خان نے جواب دیا "بہت اچھی تربیت یافتہ۔ اور مجھے یقین ہے کہ بابر کے خلاف معرکہ آرائی میں یہ خاص نام پیدا کریں گی۔"

یخشی نے ہاتھیوں کی طرف اشارہ کرتے ہوئے پوچھا "ان پچیس ہاتھیوں کے چلے جانے کے بعد ہمارے پاس کتنے اور ہاتھی بچ جائیں گے؟"

شادی خان نے جواب دیا "کل دس۔"

یخشی نے پوچھا "کیا یہ سدھائے ہوتے ہیں؟"

"ہاں بہت اچھے سدھائے ہوتے۔ ان سے بابر کی مغل فوج کو روندا جا سکے گا اور چھوٹے موٹے قلعوں کو زمین بوس کیا جا سکے گا۔"

بخشی بہت خوش ہوئی، بولی: "ان کے کچھ کرتب دکھاؤ!"

شادی خان نے فیل بانوں کو حکم دیا اور انہوں نے ہاتھیوں کے کرتب دکھانے شروع کر دیئے۔

سب کے آخر میں شادی خان نے بخشی سے دریافت کیا: "یہ امداد کس شخص کی سرکردگی اور نگرانی میں آگرے روانہ کی جائے گی؟"

بخشی نے جواب دیا: "تمہاری سرکردگی میں۔ انہیں تم آگرے لے جاؤ گے!"

شادی خان چونک پڑا۔ ایسا لگا جیسے کسی زہریلے کیڑے نے ڈنک مار دیا ہو۔ اس نے حیرت اور پژمردگی سے پوچھا: "یعنی انہیں میں آگرے لے جاؤں گا؟"

"ہاں!" بخشی نے کہا: "انہیں تم آگرے لے جاؤ گے!"

شادی خان نے معنی خیز نظروں سے محبت خان کی طرف دیکھا اور پھر بخشی کی طرف دیکھتے ہوئے دریافت کیا: "اور یہاں حاجی پور میں آپ کے پاس کون رہے گا؟"

بخشی نے جواب دیا: "میرے پاس حاجی پور میں محبت خان رہے گا!"

شادی خان کے چہرے کا رنگ سپید ہو گیا۔ وہ ایک دم اداس ہو گیا محبت خان کا خوشی اور فخر سے سینہ تن گیا۔

شادی خان نے آہستہ سے لیکن مضبوط لہجے میں کہا: "میں آگرے نہیں جاؤں گا محبت خان کو اس مہم پر روانہ کر دیا جائے تو بہتر رہے گا!"

بخشی نے سختی سے کہا: "حکم میں دوں گی اور حاجی پور میرا ہے، یہاں میری حکومت ہے اور یہاں کسی شخص کو بھی یہ حق حاصل نہیں کہ میرے فیصلوں میں مداخلت کرے، میری مرضی اور میرے حکم کے خلاف کوئی کام کرے!"

یہ کہہ کر اس نے محبت خان کی طرف دیکھا۔ محبت خان اپنے گھوڑے کو بڑھا کر شادی خان کے قریب لے گیا اور تلوار کے دستے پر ہاتھ رکھ کر بخشی کے حکم کا انتظار کرنے لگا۔

بخشی نے کنکھیوں سے ان دونوں کو دیکھا اور شادی خان کو حکم دیا: "تم پرسوں علی الصباح حاجی پور سے آگرے چلے جاؤ گے۔ میں تعمیل کے سوا کچھ نہیں جانتی!"

شادی خان مرعوب ہو گیا کیونکہ وہ جانتا تھا کہ اگر وہ اب بھی اپنی ضد پر قائم رہا تو بخشی اس کے ٹکڑے اڑا دے گی۔

بخشی نے درشتی سے کہا: "شادی خان! میں تمہارے منہ سے تمہارا جواب سننا چاہتی ہوں!"

"شادی خان نے مردہ دلی سے کہا۔" آپ کے حکم کی تعمیل ہوگی۔"

بخشی خوش ہوگئی، محبت خان کو حکم دیا۔" محبت خان! تم اس سپاہ کے ارد گرد پھر کے شمار تو کرو کہ یہ پورے پانچ ہزار ہیں بھی یا نہیں؟"

محبت خان سپاہیوں کی گنتی کرنے لگا تو بخشی نے شادی خان کو کچھ اور قریب بلا لیا۔ اس نے پوچھا۔" شادی خان! تم میں یہ ہمت کہاں سے آگئی کہ تم میرے حکم کی خلاف ورزی کرنے لگے۔"

شادی خان جیسے بھرا ہی بیٹھا تھا۔ بھرائی ہوئی آواز میں بولا۔" بخشی! محبت خان جیسے نو آموز کا یہاں آپ کے قریب رہنا اور میرا آگرے چلا جانا، ایسا معاملہ نہیں ہے کہ مجھ جیسا معزز اور پختہ کار امیر خوش دلی سے گوارا کر لے۔"

بخشی نے اسے تسلی دی، بولی۔" تم کیوں گھبراتے ہو شادی خان! یہ سارے عارضی اور وقتی فیصلے ہیں، میں تمہیں چاہتی ہوں، تم سے محبت کرتی ہوں اور آخر تک تمہی کو چاہوں گی۔ تمہیں آگرے اس لئے بھیجا جا رہا ہے کہ اس ذمہ دار مہم کو تمہاری ہی نگرانی اور سرکردگی میں بھیجا جا سکتا ہے۔"

شادی خان نے مغموم آواز میں کہا۔" لیکن آپ آگرے میں بہت یاد آئیں گی۔"

بخشی نے جواب دیا۔" اور مجھے تم بھی بہت یاد آتے رہو گے کیونکہ تم میں میرے مرحوم شوہر کی بہت ساری مشابہتیں پائی جاتی ہیں۔"

شادی خان نے ڈرتے ڈرتے پوچھا۔" کہیں ایسا تو نہیں کہ آپ مجھے بھلا دیں؟"

بخشی نے کہا۔" نہیں ایسا نہیں ہوگا، تم مطمئن رہو۔"

شادی خان چپ تو ہو گیا لیکن اس کے چہرے کے تاثرات یہ بتاتے تھے کہ اسے بخشی کی باتوں پر یقین نہیں ہے۔

کچھ دیر بعد محبت خان نے آکے بتایا کہ سپاہی پورے پانچ ہزار ہیں گھوڑے ایک ہزار اور ہاتھی پچیس۔

بخشی نے شادی خان سے کہا۔" شادی خان! تمہیں پرسوں تک بادشاہ کی خدمت میں روانہ ہو جانا ہے اور روانگی سے پہلے تمہیں مجھ سے کم از کم دو ملاقاتیں ضرور کرنی ہیں۔"

اس آخری جملے نے محبت خان کے دل کو چوٹ لگائی لیکن بے بس تھا، کچھ کہہ سن نہ سکتا تھا۔

محبت خان نہایت ہوشیاری اور چالاکی سے شادی خان کا انتظار کرنے لگا۔ وہ خوب اچھی طرح جانتا تھا کہ بخشی جب بھی اُسے ٹالنا چاہے گی وہی لمحات دونوں کی ملاقات کے ہوں گے اور آخر وہ لمحات آ ہی گئے۔ دوسرے دن دوپہر کو اُس نے محبت خان کو حکم دیا کہ وہ بادشاہ کی مصوبہ امداد کی چند گھنٹے نگرانی کرے اُسے بادشاہ کی امداد کے سلسلے میں شادی خان سے کچھ اہم مشورے کرنا ہیں۔ محبت خان بلا چون و چرا چلا گیا لیکن بخشی کی طرف سے اس کا دل شبہے لگا۔ وہ سمجھ گیا کہ بخشی دوہرا کھیل کھیل رہی ہے اور اُس کے قول و فعل پر آنکھ بند کر کے یقین نہیں کیا جا سکتا۔

کئی گھنٹے بعد شادی خان واپس پہنچا اور محبت خان سے کہا۔ "اب تم واپس جا سکتے ہو۔"

محبت خان نے شادی خان کو بغور دیکھا۔ شادی خان اس وقت بھی خوش نہیں تھا۔ اُس کے چہرے پر حزن و ملال کی گہری چھائیاں پڑی ہوئی تھیں۔ محبت خان نے طنزاً پوچھا۔ "تم دونوں میں کس قسم کے مشورے ہوتے رہے؟ کیا تم دونوں اِن مشوروں سے مطمئن بھی ہوتے یا نہیں؟"

شادی خان نے اُسے جھڑک دیا۔ "محبت خان! زیادہ مت اترا۔ اور اپنے ہوش میں رہو۔ میں جانتا ہوں کہ خدا اور تقدیر تمہارے ساتھ ہیں۔"

محبت خان نے ترشی سے جواب دیا۔ "میں نے تم سے جو کچھ پوچھا یہ اُس کا جواب تو نہیں۔"

شادی خان نے اُس کے قریب جا کر کہا۔ "تم بخشی سے کہو، وہ آگرے تمہیں روانہ کر دے۔"

محبت خان نے کہا۔ "یہ تو میری دلی خواہش ہے لیکن بخشی میری بات مانے گی کیوں؟"

شادی خان نے افسردگی سے کہا۔ "تم کہہ کے تو دیکھو، میرا خیال ہے وہ مان جائے گی۔"

محبت خان نے جواب دیا۔ "اگر مجھے اس بات کا ذرا سا بھی یقین ہوتا تو میں اُس سے کب کی یہ درخواست کر چکا ہوتا۔"

شادی خان نے مایوسی سے کہا۔ "آج میں نے اس بات کی بڑی کوشش کی کہ وہ میری جگہ تمہیں روانہ کر دے لیکن وہ نہیں مانی مگر میرا دل کہتا ہے کہ اگر یہی بات

تم کہو گے تو وہ ضرور مان لے گی۔"

محبت خان نے شادی خان کو سوالیہ نظروں سے دیکھا اور بولا۔"اگر تم مصر ہی ہو تو میں آج اس سے یہ ضرور کہوں گا۔ اگر مان لیا تو میں فوراً ہی تمہیں اس فیصلے سے مطلع کر دوں گا۔"

شادی خان نے کہا۔"ہاں ایک بات اور، اگر بخشی تمہاری بات نہ مانے تب بھی تم مجھ سے کل پل ضرور لینا۔ تم سے کچھ بہت ضروری باتیں کرنا ہیں۔"

محبت خان نے جواب دیا۔"بہتر ہے۔"

اس روز رات کو محبت خان دیر تک بخشی کو اس بات پر آمادہ کرنے کی کوشش کرتا رہا کہ وہ شادی خان کی جگہ اسے آگرے روانہ کر دے لیکن بخشی اس پر کسی طرح بھی تیار نہ ہوئی۔ آخر جب وہ محبت خان کے اصرار سے بہت زچ ہوئی تو اس نے ترش روئی سے کہا۔"محبت خان! تم ایک بے کار بات کے لئے اپنی صدمت کرو، تمہاری آگرے کو نہیں، حاجی پور کو ضرورت ہے۔ ابراہیم لودھی کو نہیں بخشی کو ضرورت ہے۔"

محبت خان نے کہا۔"میں اپنی ماں اور بہن سے ملنا چاہتا تھا میں نے سوچا کہ جب آگرے جاؤں گا تو وہاں تمام عزیز رشتے داروں سے خوب اچھی طرح مل کے اپنی ماں اور بہن کو لے کر دوبارہ حاجی پور واپس آجاؤں گا۔"

بخشی نے آنکھیں بند کرتے ہوتے کہا۔"میں تمہیں اتنی آسانی سے آگرے نہیں جانے دوں گی، میں تمہیں کتنی بار یہ یاد دلاؤں کہ تم میں میرے مرحوم شوہر کی بہت سی شباہتیں پائی جاتی ہیں۔ میں تمہیں نہیں کھو سکتی، کسی قیمت پر نہیں، تم آگرے نہیں جاؤ گے تمہاری ضرورت آگرے کو نہیں حاجی پور کو ہے بادشاہ کو نہیں، مجھے ہے۔"

محبت خان نے خاموشی اختیار کر لی۔

دوسرے دن حسب وعدہ محبت خان، شادی خان کے پاس پہنچ گیا، بولا۔

"شادی خان! میں حسبِ وعدہ تمہارے پاس آگیا ہوں، بتاؤ تم نے مجھے کیوں بلایا تھا اس وقت؟"

شادی خان نے کہا۔"پہلے یہ تو بتاؤ بخشی نے کیا کہا؟"

محبت خان نے جواب دیا۔"وہ کہتی ہے کہ آگرے سے زیادہ حاجی پور کو میری ضرورت ہے۔"

شادی خان نے نرمی سے کہا۔"مجھے معلوم تھا کہ تم دونوں کی بات چیت کا

یہی انجام ہوگا!"

محبت خان نے بے زاری سے پوچھا "تم نے مجھے کیوں بلایا تھا؟"

شادی خان نے کہا "ذرا دم تو لو، ابھی بتاتا ہوں۔"

محبت خان نے بدستور بے زاری سے کہا "میں دم نہیں لوں گا جو بات بھی کرنی ہے فوراً کر ڈالو۔"

شادی خان کھڑا ہو گیا۔ پوچھا "تمہارا گھوڑا کہاں ہے؟"

محبت خان نے جواب دیا "باہر کھڑا ہے۔"

شادی خان اندر چلا گیا، بولا "میں ابھی آتا ہوں۔"

محبت خان معاملے کو سمجھنے کی کوشش کر رہا تھا اُسے یہ شبہ بھی گزرا کہیں شادی خان نے اس کی خلاف کوئی سازش تو نہیں تیار کی۔ وہ احتیاطاً باہر نکل گیا اور اپنے گھوڑے کے پاس جا کھڑا ہوا۔ کچھ دیر بعد شادی خان سرخ لباس پہنے ہوئے نمودار ہوا اس کے شانے پر دو تلواریں اور دو ڈھالیں پڑی ہوئی تھیں۔ محبت خان اُلجھن میں پڑ گیا کہ شادی خان آخر چاہتا کیا ہے؟

شادی خان نے دونوں تلواریں محبت خان کی طرف بڑھا دیں، بولا "ان میں جو تلوار چاہو، لے لو!"

محبت خان نے پوچھا "آخر کیوں؟ بات کیا ہے؟"

شادی خان نے کہا "تم دونوں تلواریں پکڑو تو سہی۔"

محبت خان نے دونوں تلواریں لے لیں۔ شادی خان نے ایک ڈھال محبت خان کی پشت پر ڈال دی، بولا "محبت خان! میں ساری رات اس کشمکش کا حل سوچتا رہا، میں بھی افغان ہوں تم بھی پٹھان ہو، ہم دونوں ایک دوسرے کے خلاف دغابازی نہیں کر سکتے۔ قسمت نے ہم دونوں کو ایک ایسے دوراہے پر کھڑا کر دیا ہے جس کے ایک طرف سامان دل بستگی ہے، جوانی کی خوشیاں ہیں، آسائشیں ہیں اور دوسری طرف موت ہے، مایوسیاں ہیں، دل شکستگی ہے اور ذہنی اور روحانی اذیتیں ہیں، اور ان دونوں راہوں پر بدقسمتی سے ہم دونوں ساتھ ساتھ نہیں چل سکتے، بہت زیادہ غور و فکر کے بعد میں نے یہ فیصلہ کیا ہے کہ جو واقعی شادمانیوں کی راہ پر چلنے کا مستحق قرار پا جائے گا منزن ہو جائے۔"

محبت خان نے پوچھا "اس استحقاق کا فیصلہ کس طرح ہوگا؟"

شادی خان نے جواب دیا "ہم دونوں اپنے حق کا فیصلہ مبارزت سے کریں گے جو مقابلے

میں جیت جائے گا، وہ بخشی کے پاس رہنے کا مستحق ہوگا۔"

محبت خان نے ایک تلوار بے دلی سے لے کر دوسری شادی خان کی طرف بڑھا دی، بولا۔" لیکن میں نے تو اب تک یہی محسوس کیا ہے کہ بخشی ہم دونوں میں سے کسی ایک کو بھی بھلانے پر آمادہ نہیں ہے۔"

شادی خان نے تلوار لے کر غصے میں کہا۔" لیکن یہ ہم کس طرح برداشت کر سکتے ہیں کہ وہ بیک وقت ہم دونوں کی محبوبہ بنی رہے۔ اس کو ایک ہی کا بن کر رہنا ہوگا۔"

شادی خان اپنا گھوڑا لے آیا۔ محبت خان نے پوچھا۔" ہم دونوں کہاں مقابلہ کریں گے؟"

شادی خان نے جواب دیا۔" اسی جگہ، جہاں ہم دونوں پہلے بھی ایک بار مقابلہ کر چکے ہیں اور بخشی نے مخل ہو کر اس مقابلے کو رکوا دیا تھا۔"

محبت خان گھوڑے پر بیٹھ گیا، بولا۔" میں مقابلے پر اس لئے آمادہ ہو گیا ہوں کہ کہیں تو اس غلط فہمی میں مبتلا نہ ہو جائے کہ محبت خان ڈر کر پیٹھ دکھلا گیا، ورنہ جس مقابلے کا تو ذکر کر رہا ہے اس میں میرے ساتھ تو نے دھوکا کیا تھا اور وہ مقابلہ تجھ سے نہیں تیرے آدمیوں سے ہوا تھا۔"

شادی خان بھی گھوڑے پر سوار ہو گیا، بولا۔" محبت خان! تم مجھے تو کہہ کے مخاطب کر رہے ہو، ہم دونوں اپنی کمتری اور برتری کو عنقریب ثابت کرنے والے ہیں، لہٰذا میری درخواست ہے کہ تم اس سے پہلے میری تحقیر نہ کرو۔"

محبت خان نے گھوڑے کو حرکت دی، بولا۔" بہتر ہے لیکن جب تمہارے اس رویّے کو یاد کرتا ہوں تو میرا خون کھولنے لگتا ہے۔"

دونوں وہیں پہنچ گئے جہاں ایک دن محبت خان قتل ہوتے ہوتے بچ گیا تھا۔

مقابلے سے پہلے شادی خان نے کہا۔" محبت خان! ہم دونوں میں جو فاتح رہے گا وہ دوسرے کے مقتول ہونے کی خبر بخشی تک کس طرح پہنچائے گا۔"

محبت خان نے جواب دیا۔" یہ بعد کی بات ہے، اس پر ہمیں قبل از وقت نہیں غور کرنا چاہیئے۔"

شادی خان نے کہا۔" ویسے تو میں نے یہ سوچا ہے کہ اگر میں نے تمہیں زیر کر کے ہلاک کر دیا تو بخشی سے کہوں گا یہ مقابلہ محبت خان کی ایما پر ہوا تھا اور ہم دونوں نے

قرآن اٹھوا کے یہ فیصلہ کر دیا تھا کہ جو مبارزت میں جیت کر خود کو بخشی کا مستحق ثابت کرے گا. بخشی کے پاس رہے گا۔"

محبت خان نے جواب دیا۔" چلو یونہی سہی جو تم کہتے ہو میں بھی وہی کہہ دوں گا۔"

دونوں اپنے گھوڑوں کو ذرا فاصلے سے، برابر لے آئے۔ دونوں کی تلواریں ایک ساتھ نیام سے طلوع ہو گئیں۔ مشرق میں سورج خاصا اوپر اٹھ چکا تھا۔ اس کی شعاعیں چمکیلی تلواروں سے ٹکرا کر نگاہوں کو خیرہ کرنے لگیں۔ شادی خان نے اس پر حملہ کیا تو محبت خان نے جھک کر گردن بچالی۔ محبت خان نے شادی خان کے ایک ہاتھ کیا۔ آڑا دینا چاہا لیکن شادی خان پھرتی سے اپنا گھوڑا پیچھے ہٹالے گیا اور ہاتھ کو بچالیا۔

شادی خان گھوڑے کو کاوا دے کر ایک دم محبت خان کے سر پر آ گیا اور تلوار کا بھرپور وار کر دیا لیکن محبت خان چستی سے اس کے پہلو سے بچ نکلا اور شادی خان کے ہاتھ سے تلوار دور جا گری۔ محبت خان پلٹ کے وار کرنے ہی والا تھا کہ شادی خان گھوڑے سے پھاند پڑا اور دوڑ کر تلوار اٹھالیا چیخ کر بولا۔" محبت خان ! مجھے گھوڑے پر بیٹھ جانے دو۔ ذرا دم لو مقابلہ پھر سے شروع ہوگا۔"

محبت خان نے مسکراتے ہوئے جواب دیا۔" اچھا بیٹھ جاؤ اپنے گھوڑے پر۔ میں اس وقت تک مقابلے سے باز رہوں گا جب تک تم خود مقابلے کا اعلان نہ کرو گے۔"

شادی خان دوبارہ گھوڑے پر بیٹھ گیا، اور تلوار کو فضا میں لہراتا ہوا بولا۔" ہاں اب میں تیار ہوں، مقابلہ کا آغاز کرو۔"

دونوں پھر لڑنے لگے۔ سناٹے میں تلواروں کی کھٹ کھٹ اور گھوڑوں کے ادھر ادھر ہٹنے بڑھنے سے ٹاپوں کی آوازوں سے فضا کا سکوت ٹوٹ ٹوٹ جاتا تھا۔ دیر تک دونوں میں سے ایک بھی دوسرے کو زیر نہیں کر سکا لیکن چھچھلے ہوئے زخم دونوں ہی کو آچکے تھے دونوں ہی نہایت احتیاط سے سنبھل سنبھل کے لڑ رہے تھے اور ایسا لگتا تھا کہ ہارنا یا مرنا کوئی بھی نہیں چاہتا اور دونوں ہی بخشی کی کیف آور آغوش میں زندگی کے بہترین دن گزار دینا چاہتے ہیں۔ لڑتے لڑتے شادی خان کو اپنا وہ زمانہ یاد آنے لگا، جب وہ بلا شرکت غیرے بخشی کا مالک تھا اور آزادانہ حاجی پور کی کیف آور اور عاشقانہ فضا میں سانس لیا کرتا تھا تصورات نے اسے غافل کر دیا اور محبت خان کی تلوار کے ایک بھرپور وار نے شادی خان کے گھوڑے کو زخمی کر دیا، گھوڑا تکلیف سے ہنہنایا اور الف ہو کر شادی کا

خان کو اتنا سخت جھٹکا دیا کہ وہ گھوڑے کی پشت سے دور جا گرا، اس کی پسلیوں میں کئی پتھر چبھ گئے۔ محبت خان بھی گھوڑے سے اتر پڑا اور شادی خان کو قتل کرنے کی نیت سے آگے بڑھا۔ شادی خان نے اپنی تلوار محبت خان کی طرف پھینک دی اور کراہتا ہوا بولا۔" محبت خان میں اپنی شکست تسلیم کرتا ہوں، مجھے قتل نہ کرو بلکہ میں بخوشی آگرے چلا جاؤں گا۔"

محبت خان کا اٹھا ہوا ہاتھ جھک گیا۔ اسے شادی خان پر رحم آنے لگا۔

شادی خان نے اسے اپنے قریب بلایا۔" محبت خان! تم میرے قریب آجاؤ، میں تم سے چند ضروری باتیں کرنا چاہتا ہوں، اگر میں جیت جاتا تو وہ باتیں کبھی نہ کرتا۔"

محبت خان اس کے پاس جا بیٹھا۔ شادی خان ایک طرف کھسکنے لگا مگر محبت خان نے اسے کھسکنے سے منع کر دیا۔ پوچھا۔" شادی خان! تمہیں پیاس تو نہیں لگ رہی؟"

شادی خان نے ہونٹوں پر زبان پھیری۔ بولا۔" لگ تو رہی ہے لیکن پانی گھر چل کر پیئیں گے، پہلے میری باتیں تو سن لو۔"

محبت خان نے کہا۔" نہیں پہلے پانی پی لو، ورنہ باتوں میں مزہ نہیں آئے گا، چشمہ قریب ہی ہے، میں تمہیں سہارا دے کر چشمے تک لئے چلتا ہوں وہیں پانی پی کر باتیں بھی ہو جائیں گی۔"

شادی خان مسکراہٹ آمیز کراہ سے بولا۔" ہاں چشمے تک بالکل چل سکتا ہوں۔" پھر اٹھنے کی کوشش کی۔ محبت خان نے سہارا دے کر اٹھایا۔ شادی خان نے اس کے کندھے پر اپنا ہاتھ رکھ دیا۔ اور دونوں آہستہ آہستہ چشمے کی طرف چل دیئے۔ چشمے کے پانی سے پہلے تو دونوں نے اپنے منہ ہاتھ دھوئے اس کے بعد دونوں نے چلوؤں سے پانی پیا۔ پانی پی کر دونوں وہیں بیٹھ گئے۔

شادی خان نے نہایت محبت سے اپنے رقیب کو دیکھا، پھر مسکرا کر بولا۔" محبت خان! تم بہت شاندار افغان ہو، معلوم نہیں کیوں میرا دل تمہاری محبت سے لبریز ہو گیا ہے؟"

محبت خان نے جواب دیا۔" شادی خان! تمہاری عزت تو میں بھی کرتا ہوں۔"

شادی خان نے پوچھا۔" محبت خان! آگرے میں تمہارے کتنے عزیز رہتے ہیں؟"

محبت خان نے کہا۔" یہ تم نے بہت اچھا سوال کیا ہے شادی خان۔ آگرے میں یوں تو میرے کئی عزیز رہتے ہیں لیکن تمہارے ذریعے میں اپنی ماں اور بہن کو یہ پیغام پہنچانا

چاہتا ہوں کہ میں انہیں بھی بہت جلد اپنے پاس بلا لوں گا۔"

شادی خان نے افسوس سے کہا۔ "تمہیں شاید ابھی تک یہ نہیں معلوم کہ تمہارے بعد تمہاری ماں کو قید خانے میں ڈال دیا گیا۔ اور تمہاری بہن ایک دوسرے افغان امیر کے حوالے کر دی گئی۔"

محبت خان تلملا کر کھڑا ہو گیا، مشتعل ہو کر بولا۔ "او ملعون زادے! یہ تو کیسی باتیں کرنے لگ گیا مجھ سے؟"

شادی خان نے تحمل سے کہا۔ "اس وقت میں تمہاری گالیاں بھی سن لوں گا کیونکہ ایسی خبر سن کر میں بھی ایسی ہی باتیں کرنے لگتا۔"

محبت خان نے کہا۔ "تو نے ایسی بری خبر کیوں سنائی؟ تجھے یہ باتیں کس سے معلوم ہوئیں؟"

شادی خان نے کہا۔ "ابراہیم لودھی کے وفد کا ایک رکن مجھے یہ باتیں بتا گیا ہے۔ وہ تم سے ملنا چاہتا تھا لیکن یخشی نے اسے تم سے ملنے نہیں دیا۔ اس نے مجھے بھی منع کر دیا تھا کہ میں یہ خبر تم تک نہ پہنچاؤں۔"

محبت خان سر پکڑ کے شادی خان کے قریب ہی بیٹھ گیا اور چپکے چپکے آنسو بہانے لگا۔ اسے وہ ساری باتیں یاد آ رہی تھیں جو آخر کار ابراہیم لودھی کے دربار میں پیش آئی تھیں اور بدقسمتی سے وہ یہ بھول ہی گیا تھا کہ بادشاہ نے اس کے سامنے ہی اس کی جائداد اور املاک کی ضبطی کا حکم صادر کر دیا تھا۔ اس نے بھرائی آواز میں پوچھا۔ "تو تمہیں یخشی نے منع کر دیا تھا کہ یہ خبر مجھے نہ سنائی جائے؟"

"ہاں۔" شادی خان نے کہا۔ "اور تم قسم کھاؤ کہ اس کا ذکر یخشی سے نہیں کرو گے!"

محبت خان نے غصے میں کہا۔ "نہیں، میں اس معاملے میں یخشی سے ضرور بات کروں گا۔"

شادی خان نے گھبرا کر کہا۔ "خدا کے لئے تم ایسا غضب نہ کرنا۔ میں تو جلد ہی کی مدد لے کر عنقریب آگرے چلا جاؤں گا۔ میرے چلے جانے کے بعد تمہیں اختیار ہو گا کہ یخشی سے باتیں کر لو۔"

محبت خان نے کہا۔ "نہیں شادی خان تم یہیں یخشی کے پاس رہو، میں آگرے جاؤں گا۔"

شادی خان نے کہا۔ "لیکن بخشی تمہیں جانے کب دے گی؟"

محبت خان نے جواب دیا۔ "میں زبردستی چلا جاؤں گا۔" لیکن پھر کچھ سوچ کر بولا۔ "اچھا تم بادشاہ کی مدد لے کر آگرے روانہ ہو جاؤ، میں تمہاری واپسی تک یہیں رہوں گا۔"

شادی خان اس اچانک تبدیلی کا مطلب نہیں سمجھا۔ وہ سوالیہ نظروں سے اس کی صورت دیکھتا رہ گیا۔

محبت خان نے کہا۔ "جو ہونا تھا وہ تو ہو چکا۔ اب میرے آگرہ پہنچنے کا فائدہ؟"

اچانک دونوں کے گھوڑے ہنہنانے لگے۔ اور ساتھ ہی کہیں دور سے گھوڑوں کی ٹاپیں سنائی دینے لگیں۔ شادی خان سنبھل کر بیٹھ گیا۔ محبت خان کھڑا ہو گیا۔

❊ ❊ ❊

دونوں کی نظریں آواز کی طرف اٹھی ہوئی تھیں۔ تھوڑی دیر بعد کئی گھڑسوار نمودار ہو گئے۔ سب سے آگے بخشی کا گھوڑا تھا۔ یہ لوگ دونوں کے قریب پہنچ کر رک گئے۔ بخشی نے پہلے ان دونوں کے گھوڑوں کی طرف دیکھا۔ شادی خان کا زخمی گھوڑا زخم پر بار بار بیٹھنے والی مکھیوں کو دُم ہلا ہلا کر اور پشت اور پیٹ کو لرزش دے کر اڑا رہا تھا۔ اس کے بعد اس نے شادی خان اور محبت خان کو گہری نظروں سے دیکھا۔ دونوں کی ڈھالیں اور تلواریں ان کے قدموں میں رکھی تھیں۔ بخشی گھوڑے سے اُتر پڑی اور ان دونوں کے قریب جا کھڑی ہوئی۔ دونوں کو سوالیہ نظروں سے دیکھ کر سوال کیا۔ "کیا بات ہے؟ تم دونوں نے آپس میں مبارزت کی ہے؟"

محبت خان نے جواب دیا۔ "ہاں۔ کیونکہ شادی خان کی جگہ میں آگرے جانا چاہتا تھا۔ لیکن شادی خان نے کہا کہ آؤ اس سلسلے میں ایک مقابلہ ہو جائے پھر جو مقابلے میں جیتے وہی آگرے بھی جائے۔"

بخشی کو شاید محبت خان کی بات پر یقین نہیں آیا، بولی۔ "پھر کون جیتا۔؟"

محبت خان نے کہا۔ "میں۔"

بخشی گھبرا گئی، بولی۔ "پھر کیا تم آگرے چلے جاؤ گے؟"

"نہیں!" محبت خان نے جواب دیا۔ "کیونکہ شادی خان کہتا ہے کہ وہ آپ کی

حکم عدولی نہیں کرے گا۔"

یخشی خوش ہو گئی۔ بولی: "مجھے شادی خان سے یہی امید تھی، تم دونوں کو آپس میں لڑنا نہیں چاہیئے تھا۔"

شادی خان ابھی تک خاموش تھا، وہ ڈر رہا تھا کہ کہیں محبت خان یخشی کو وہ ساری باتیں نہ بتا بیٹھے جن کا ابھی تھوڑی دیر قبل اُس نے چغل خوری کے انداز میں محبت خان سے ذکر کر دیا تھا۔

یخشی نے دونوں سے کہا۔"اب تم دونوں یہاں سے گھر چلو۔ میں تم دونوں کو یہاں دیکھ کر بہت اُداس ہو گئی ہوں۔"

دونوں اُٹھ کر اپنے اپنے گھوڑوں کی طرف چلے گئے۔ یخشی نے اپنے ایک سپاہی کو اشارے سے حکم دیا کہ وہ ان دونوں کی ڈھالیں اور تلواریں اٹھالے جس کی فوری تعمیل ہوئی۔

تھوڑی دیر بعد یہ لوگ وہاں سے روانہ ہو گئے۔

سہ پہر کو یخشی نے شادی خان کو بہت سمجھایا، اور اُسے یقین دلایا کہ وہ مایوس نہ ہو، اُس کے دل میں شادی خان کے لئے اتنی ہی محبت موجود ہے جتنی محبت خان کی آمد سے پہلے تھی۔ دوسری طرف محبت خان کو یہ سمجھایا کہ وہ محبت خان کو آگرے اس لئے نہیں بھیجے گی کہ بادشاہ کے دفتر نے اُسے تنبیہہ کی ہے کہ محبت خان بادشاہ کا معتوب ہے اور جب تک بادشاہ اُسے خود نہ طلب کرے، محبت خان کو آگرے نہیں بھیجا جا سکتا۔

شادی خان پانچ ہزار سپاہ، ایک ہزار گھوڑے اور پچیس ہاتھیوں کی مدد لے کر آگرے چلا گیا۔ یخشی اُسے دور تک چھوڑنے گئی اور جب واپس آئی تو بہت اُداس تھی، اُس نے محبت خان کو بھی نظر انداز کر دیا اور آنسو بہاتی اپنے کمرے میں جا کر لیٹ گئی۔ اُس کے پیچھے پیچھے محبت خان بھی وہیں پہنچ گیا۔ لیکن ایک کنیز نے اُسے کمرے کے باہر ہی روک لیا۔ بولی۔"اس وقت آپ اندر نہیں جا سکتے، کیونکہ بیگم صاحبہ نے کسی کو بھی اندر جانے سے منع کر رکھا ہے۔"

محبت خان نے زور سے کہا۔"میں افسردہ و سوگوار بیگم کو تسلیاں دینا چاہتا ہوں تم مجھے اندر جانے سے نہیں روک سکتیں۔"

یخشی اچانک دروازے پر نمودار ہوئی، بولی: "محبت خان کو مت

رو کو، اندر آنے دو۔"

کنیز نے مزاحمت ختم کر دی۔ اور محبت خان کمرے میں داخل ہو گیا۔ اشکبار بخشی نے آہستہ سے کہا۔"دروازہ بند کر دو۔"

محبت خان نے دروازہ بند کر دیا۔ بخشی اس کے سینے سے لگ گئی اور سسکیاں لیتی ہوئی بولی۔"محبت خان! تم مجھے چاہے کتنی ہی بری عورت کیوں نہ سمجھو لیکن میں اقرار کروں گی کہ میں شادی خان کو بھی چاہتی ہوں، اس سے بھی محبت کرتی ہوں۔"

محبت خان نے افسوس سے کہا۔"لیکن یہ بات میری سمجھ میں بالکل نہیں آتی کہ کوئی عورت بیک وقت دو مردوں سے محبت کرے، ایسا کہیں نہیں ہوا، اس کی دوسری کوئی مثال نہیں ملتی۔"

بخشی اسے اپنے بستر تک لے گئی، بولی۔"تم تھوڑی دیر میرے پاس بیٹھو، میں دلیلوں سے تمہیں سمجھانے کی کوشش کروں گی۔"

محبت خان اس کے ساتھ بستر پر بیٹھ گیا۔ بخشی نے کہا۔"جس طرح مرد کے سینے میں بائیں طرف دل ہے اسی طرح عورت کی پسلیوں کے پیچھے بائیں جانب دل موجود ہے، جو جذبات عشق و محبت ایک مرد کے دل میں موجزن ہوتے ہیں وہی جذبات عورت کے دل میں بھی موجود رہتے ہیں۔ پھر کیا وجہ ہے کہ ایک مرد تو کئی کئی عورتوں سے بیک وقت عشق کرے اور ایک حکمراں ایک ہی وقت میں بہت سی عورتوں کو اپنے حرم میں ڈال لے لیکن ایک عورت ایک وقت میں ایک ہی مرد پر قناعت کر لے۔"

اس دلیل نے محبت خان کو چکرا دیا۔ گھبرا کر بولا۔"لیکن ایک عورت کو یہ باتیں زیب نہیں دیتیں۔ لوگ ان باتوں کو ہرگز پسند نہیں کریں گے۔"

بخشی نے پوچھا۔"کون سے لوگ؟ لوگ مت کہو، ہاں یہ کہہ سکتے ہو کہ مرد اس بات کو پسند نہیں کریں گے، لیکن میں تو یہ کہوں گی کہ انصاف کا تقاضا تو یہ ہے کہ جو تم اپنے لئے پسند کرتے ہو وہی دوسروں کے لئے پسند کر دو۔"

محبت خان نے جھنجلا کر کہا۔"لیکن تمہارے سوا ایک عورت بھی تمہاری ہم خیال نہ نکلے گی اور کوئی عورت بھی یہ گوارا نہیں کرے گی کہ وہ بیک وقت کئی مردوں سے عشق لڑاتے۔"

بخشی نے کہا۔"تم مرد ہو کر عورتوں کی ترجمانی نہیں کر سکتے۔ محبت خان، عورت کیا چاہتی ہے اور کیا سوچتی ہے، یہ تم مردوں کو کیا معلوم، عورت بھی وہی چاہتی ہے جو مرد چاہتے ہیں لیکن یہ دوسری بات ہے کہ عورت اپنی کمزور حیثیت کے پیش نظر اس کا

اظہار یا اقرار نہ کرے اور مرد اسے اس کی اجازت بھی نہیں دیتے۔ جس طرح مجھے گلاب پسند ہے بیلا پسند ہے، گل داؤدی پسند ہے، یاسمین پسند ہے اسی طرح میں تمہیں پسند کرتی ہوں، شادی خان کو پسند کرتی ہوں اور کسی اور کو بھی پسند کر سکتی ہوں، یہ کس نے کہہ دیا کہ دل جیسے وسیع سمندر میں کسی ایک ہی شخص کی یاد رہ سکتی ہے۔ محبت خان! دل تو عمر و عیار کی زنبیل کی طرح ہے کہ اس میں بہت کچھ رہ سکتا ہے، بہت سے لوگ رہ سکتے ہیں۔ ہاں ان سے محبتوں میں کمی بیشی ضرور ہو سکتی ہے۔"

محبت خان کی سمجھ میں اس کی باتیں بالکل نہ آرہی تھیں۔ اس نے پوچھا "تم شادی خان سے کتنی محبت کرتی ہو؟"

بخشی نے جواب دیا۔ "بہت، بہت زیادہ۔" پھر اپنے منہ پر ہاتھ رکھ لیا اور تھرتھراتی آواز میں کہا۔ "مجھے برابر یہ غم کھاتے جا رہا ہے کہ شادی خان واپس بھی لوٹے گا یا نہیں۔"

محبت خان نے حیرت سے پوچھا۔ "اور تم مجھے بھی چاہتی ہو؟"

"ہاں!" اس نے جواب دیا۔ "شادی خان سے بھی زیادہ۔"

محبت خان نے اسے کچھ ایسی نظروں سے دیکھا، گویا بخشی کی باتوں پر اسے اعتبار نہ آ رہا ہو۔

بخشی روتی ہوئی اس کی آغوش میں گر گئی، بولی۔ "محبت خان! تم مجھے اور میری باتوں کو سمجھنے کی کوشش کرو، میں اپنے وقت سے بہت پہلے پیدا ہو گئی ہوں، میں جھوٹی نہیں ہوں، میں بری عورت نہیں ہوں، میں عورت کے بہروپ میں مرد ہوں۔"

لیکن محبت خان اس کی باتیں سمجھنے پر تیار ہی نہ تھا۔ وہ اس کی آغوش میں گری روتی رہی اور محبت خان سرد مہری سے اس کی باتوں کو سنتا اور بیزار ہوتا رہا۔

★ ★ ★

محبت خان بخشی کی طرف سے بالکل مایوس ہو چکا تھا اور اس نے شادی خان کی موجودگی ہی میں یہ فیصلہ کر لیا تھا کہ بخشی کو کوئی سزا ضرور دینی ہے اس نے اپنے مطلب کے سامنے کسی بات کی بھی پرواہ نہ کی تھی۔ اس نے محبت خان کی ماں اور بہن کے حشر کو چھپایا تھا۔ اس کے خیال میں بخشی کو جو بدترین سزا دی جا سکتی تھی، وہ ہمیشہ کے لئے اچانک بخشی کو لاعلم رکھ کر اس سے قطع تعلق کر لینا۔ وہ آگر ہے جا نہیں سکتا تھا، کیونکہ وہ

بادشاہ کا معتوب تھا اب اس کے سامنے ایک ہی ٹھکانا تھا، ایک ہی در تھا۔ اس نے ابراہیم لودھی کے حریف بابر کے لشکر میں جانے کا فیصلہ کر لیا۔

ایک صبح وہ چپ چاپ حاجی پور سے نکل کر پانی پت کی طرف روانہ ہو گیا جہاں بابر پہلے ہی سے لشکر لئے پڑا تھا۔ یہاں اور بہت سے افغان امراء بھی موجود تھے اور یہ سبھی وہ لوگ تھے جن کے ساتھ بادشاہ نے ظلم و تشدد کا سلوک کیا تھا اور وہ انتقام لینے کی خاطر بابر کی فوج میں آ گئے تھے۔

سامنے ابراہیم لودھی بھی عظیم الشان لشکر لے کر آ گیا تھا۔ ایک لاکھ فوج کے ساتھ دو ہزار ہاتھی بھی کھڑے جھوم رہے تھے۔ اُن کے مقابلے میں بابر کی فوج بالکل مختصر تھی، کل بارہ ہزار افراد پر مشتمل۔ محبت خان بابر کی طرف سے مایوس ہونے لگا۔ بابر اپنے ان نئے امراء کی بڑی عزت کرنے لگا تھا۔ محبت خان ابراہیم لودھی کے لشکر میں شادی خان کی جگہ دیکھنا چاہتا تھا۔ آخر ایک دن اُسے ایک مغل مخبر کی زبانی یہ معلوم ہو گیا کہ شادی خان اور اُس کے پانچ ہزار سپاہی ابراہیم لودھی کے آس پاس اُس کی حفاظت پر مامور تھے۔

ابراہیم لودھی کی فوج آگے بڑھی اور بابر کی فوج پر حملہ آور ہو گئی۔ اُس نے بابر کے میسرہ پر بہت سخت حملہ کیا تھا اور ایسا محسوس ہونے لگا گویا ذرا دیر بعد مغلوں کے پاؤں اکھڑ جائیں گے لیکن بابر نے ہر جگہ پہنچ کر اُن کی ہمت افزائی کی ابراہیم لودھی نے ہاتھی آگے بڑھاتے اور انہیں مغل فوج کو کچلنے کے لئے بابر کے لشکر کی طرف دھکیل دیا۔ ہاتھیوں نے انہیں روندنا شروع کر دیا۔ لیکن بابر کے حکم پر اُس کی سپاہ نے ہاتھیوں پر آتشیں اسلحے سے حملہ کر دیا۔ ہاتھی چنگھاڑتے ہوتے اپنے ہی آدمیوں کو بے دردی سے کچلنے لگے۔ پانی پت کی زمین لرز رہی تھی اور گرد و غبار نے فضا میں ایک چادر سی تان دی تھی۔ محبت خان کو اپنے بھائیوں سے جنگ کرتے ہوتے شرم آ رہی تھی لیکن ایک وہ حکومت جس نے اُس کی املاک کو ضبط کر کے، ماں کو فنیسا اور بہن کو کسی امیر کے حوالے کر دیا تھا اور جس نے افغان امراء کو ذلیل و خوار کیا تھا اس کا ختم ہو جانا ہی ضروری تھا۔

اس وقت آفتاب کوئی سوا نیزے کی بلندی پر پہنچا ہو گا کہ جنگ مغلوبہ شروع ہو گئی۔ دونوں فوجیں آپس میں دست بہ گریبان ہو چکی تھیں اور تلواریں خون کی ندیاں بہا رہی تھیں۔ یہ کیفیت دوپہر تک قائم رہی، اس کے بعد ابراہیم

لودھی کی فوج پسپا ہونے لگی۔ بابر چیخ چیخ کر اپنے سرداروں کو حکم دے رہا تھا۔ "خبردار ابراہیم لودھی جانے نہ پائے، اس کا پیچھا کیا جائے کیونکہ جب تک یہ موجود رہے گا جنگ جاری رہے گی۔"

محبت خان ابراہیم لودھی کو تلاش کرتا ہوا شادی خان کے پانچ ہزاری لشکر میں پہنچ گیا۔ یہ ظہر کا وقت تھا۔ ابراہیم لودھی اپنے خزانے سمیت میدان جنگ میں آیا تھا کیونکہ اسے اپنے پیچھے کسی پر اعتبار نہیں تھا اور بصورت شکست اپنے خزانے سمیت کہیں فرار ہو جانے کا منصوبہ بنا رکھا تھا۔ مغل فوجوں نے اس کے گرد پھیلی ہوئی پانچ ہزاری فوج کے حصار کو توڑ دینا چاہا لیکن شادی خان سیسہ پلائی ہوئی دیوار بنا کھڑا تھا۔ یہاں اتنا زبردست ہنگامہ کارزار گرم ہوا کہ پورے پانی پت میں وہ جنگ نہ ہوئی تھی۔ لیکن مغل فوجی یہ نہیں جانتے تھے کہ ان میں ابراہیم لودھی بھی موجود ہے۔ شادی خان اور اس کے سپاہیوں نے وفاداری کا حق ادا کر دیا۔ ایک ایک کر کے سارے ہی مارے گئے انہیں میں ابراہیم لودھی بھی کام آ گیا۔ محبت خان لاشوں کو ہٹاتا ہوا شادی خان کے پاس پہنچا۔ اس وقت شادی خان میں جان باقی تھی۔ محبت خان، شادی خان کے پاس بیٹھ گیا اور افسوس کرتے ہوئے کہا۔ "شادی خان! تم کو اتنی جاں نثاری دکھانے کی کیا ضرورت تھی، بادشاہ کی امداد پہنچا کے حاجی پور واپس چلے جاتے۔"

شادی خان نے کراہتے ہوئے کہا۔ "محبت خان جو کچھ ہو چکا ہے اس پر تم مجھے شرمندہ نہ کرو۔ میں نے بہت سوچ سمجھ کر یہ فیصلہ کر لیا تھا کہ اب میں حاجی پور واپس نہیں جاؤں گا اور اس فیصلے کے بعد میری بہترین جگہ میدان جنگ کے علاوہ کوئی اور نہیں ہو سکتی۔" پھر بڑے زور سے کراہ کر بولا۔ "میں جس انجام کا خواہاں تھا، وہ حاصل کر چکا۔"

محبت خان کی آنکھیں بھر آئیں۔ اس نے شادی خان کے سر پر ہاتھ پھیرا بولا۔ "تمہیں ابھی اور زندہ رہنا چاہیے تھا۔"

شادی خان ہنسا، بولا۔ "لیکن یہ تو بتاؤ، تم یہاں کیسے نظر آ رہے ہو؟ کیا تم بھی حاجی پور سے چلے آئے ہو؟"

محبت خان نے جواب دیا۔ "شادی خان! وہ بڑے عجیب و غریب خیالات رکھتی ہے۔ تمہارے چلے آنے کے بعد وہ بہت اداس ہو گئی تھی، وہ شاید محبت

تمہی سے کرتی تھی، میں خود اس کی محبت پر اعتبار نہیں کر سکتا تھا۔"

شادی خان نے پیروں کی طرف اشارہ کرتے ہوئے کہا۔"میرے پیروں کی جان نکل چکی ہے۔ تمہیں جو کچھ کہنا ہے جلد از جلد کہہ ڈالو۔"

محبت خان نے کہا۔"میں تمہیں یقین دلانا چاہتا ہوں کہ بخششی تمہارے چلے آنے کے بعد زار و قطار روتی رہی ہے، رہا اس کے عجیب و غریب خیالات کا معاملہ تو اس وقت ان باتوں کا کرنا فضول سی بات ہے!"

شادی خان نے آنکھیں بند کر لیں، بولا۔"اب میں بہ آسانی مر جاؤں گا، بخششی مجھ سے محبت کرتی ہے، اس نے میرے لئے آنسو بہائے یہ میرے لئے بہت بڑی خوش خبری ہے۔"

محبت خان کے جی میں آئی کہ وہ شادی خان کو یہ بھی بتا دے کہ بخششی مرد حکمرانوں کی طرح اپنے لئے مردوں کا حرم رکھنے کی خواہش مند ہے لیکن پھر یہ سوچ کر باز رہا کہ اس وقت وہ جن خوش کن خیالات میں موت کو لبیک کہہ رہا ہے وہ مزہ کرکرا ہو جائے گا۔

شادی خان کی حالت بگڑتی چلی گئی اور دیکھتے ہی دیکھتے اس نے ہمیشہ کے لئے آنکھیں بند کر لیں۔

مغل فوجی ابراہیم لودھی کو تلاش کرتے پھر رہے تھے۔ محبت خان، شادی خان کے پاس سے اٹھ کر آ رہا تھا کہ اس نے ایک جگہ ابراہیم لودھی کی لاش پڑی دیکھی۔ اس نے مغل سپاہیوں کو اشارے سے اپنے پاس بلایا۔ طاہر تبریزی نامی ایک مغل امیر اس کے پاس پہنچا، محبت خان نے پوچھا۔"تم کسے تلاش کر رہے ہو؟"

اس نے جواب دیا۔"ابراہیم لودھی کو۔"

"تم ابراہیم لودھی کو پہچانتے ہو؟"

"نہیں۔"

محبت خان نے کہا۔"اگر نہیں پہچانتے تو ادھر آؤ۔" پھر ابراہیم لودھی کی لاش کی طرف اشارہ کرتے ہوئے کہا۔"یہ ابراہیم لودھی کی لاش ہے۔"

طاہر تبریزی کو یقین نہ آیا لیکن اس نے ابراہیم لودھی کا سر کاٹ لیا اور بابر کے پاس لے کر پہنچ گیا۔ دوسرے افغان امراء نے وہاں تصدیق کر دی

کہ یہ سر ابراہیم لودھی کا ہے۔

بابر کی فوجیں دہلی کے بعد آگرے میں داخل ہوگئیں۔ محبت خان اپنی ماں کو تلاش کرتا رہا۔ بڑی تلاش اور جستجو کے بعد پتہ چلا کہ قید خانے کی صعوبتیں برداشت نہ کرکے وہ انتقال کرچکی ہیں۔ افغان امیر اس کی بہن کو لے کر کہیں فرار ہوچکا تھا کیونکہ وہ آخر تک ابراہیم لودھی کا وفادار رہا تھا۔ محبت خان کا دل ٹوٹ چکا تھا۔ اب اس کا اس دنیا میں کوئی بھی نہ تھا۔ بابر مفتوحہ علاقے اپنے آدمیوں کے انتظام میں دے رہا تھا۔ محبت خان نے بخشی کی سفارش کی کہ اس کے علاقے کو اسی کے تصرف میں رہنے دیا جائے۔ بابر نے اس کی درخواست قبول کرلی۔ وہ خود بخشی کے پاس نہیں جانا چاہتا تھا۔ وہ مدتیں آوارہ و سرگرداں ادھر ادھر کی سیاحت کرتا رہا اور بخشی کو اپنے دل سے نکال دینے کی کوشش کرتا رہا لیکن کئی سال کی سیاحت اور کوششوں کے بعد بھی وہ اس میں ناکام رہا۔ آخر تھک ہار کر اس نے دل سے یہ سمجھوتہ کرلیا کہ وہ حاجی پور پہنچ کے بخشی سے معافی مانگ کر اس کے قدموں میں رہ جانے کی درخواست کرے گا۔ حاجی پور کی مانوس راہیں اس کے دل میں گدگدیاں کرنے لگیں پہاڑی چشمے اور سرسبز خطے اس کے دل و دماغ کو فرحت بخشنے لگے۔ جب حاجی پور کا قلعہ اسے نظر آیا تو اس کا دل زور زور سے دھڑکنے لگا۔ بخشی کے پہرا نے خدمت گاروں نے اس کا سرد مہری سے استقبال کیا اور اس کی آمد کی خبر اندر پہنچا دی گئی۔ بخشی کے حکم سے اسے مہمان خانے میں ٹھہرا دیا گیا۔ ایک ہفتہ گزر گیا مگر بخشی نے اسے طلب نہیں کیا۔ وہ تنگ آ کے واپس چلا جانا چاہتا تھا لیکن ایک دن بخشی نے اسے اچانک طلب کرلیا۔ دونوں سامنے کھڑے ہوکر کچھ دیر نظریں جھکائے ایک دوسرے کو دیکھتے رہے۔ پھر بخشی نے اجنبیوں کی طرح پوچھا۔ "محبت خان! مجھ سے کوئی کام ہے؟"

محبت خان کے دل کو چوٹ سی لگی، بولا۔ "میں کئی سال سے آوارہ گردی کررہا ہوں۔ میرا خیال تھا کہ میں اپنے دل سے آپ کی یاد نکالنے میں کامیاب ہو جاؤں گا لیکن میں کھلے دل سے صاف صاف اقرار کرتا ہوں کہ میں اپنی کوششوں میں ناکام رہا۔"

بخشی نے انجان جانے انداز میں دریافت کیا۔ "اب کیا چاہتے ہو؟"

محبت خان نے جواب دیا۔ "کیا میں اب بھی یہاں رہ سکتا ہوں؟"

بخشی نے دوسری طرف منہ پھیر لیا اور بے مروتی سے بولی۔ "نہیں ہرگز نہیں!

محبت خان کو ایسا لگا جیسے کسی نے اس کے سینے پر ایک سخت گھونسا رسید کر دیا ہے اس کا دل ہل گیا اور آہستہ آہستہ ڈوبنے لگا۔ اس کی کھلی ہوئی آنکھیں کچھ دیکھنے سے محروم ہوتی جارہی تھیں۔ اسی مایوسی اور دل شکستگی کے عالم میں محبت خان نے سنا، یخشی کہہ رہی تھی۔ "تم نے مجھے دھوکا دیا اور مجھے بتائے بغیر چوروں کی طرح فرار ہوگئے۔ میں نے وہ دن کیسے کیسے گزارے ہیں بیان نہیں کر سکتی۔ لیکن اب میں نے حالات سے سمجھوتہ کر لیا ہے۔ میں نے ایک مغل امیر سے شادی کر لی ہے، اس مغل امیر کے بال، پیشانی اور بازوؤں میں میرے مرحوم شوہر کی عجیب انگیز مشابہت موجود ہے۔"

محبت خان نے بے چارگی سے یخشی کی طرف دیکھا۔ وہ کہنا چاہتا تھا کہ آخر شادی خان کی موجودگی میں اس نے محبت خان کو رکھ ہی لیا تھا لیکن کہہ نہیں سکا۔ چالاک یخشی نے معلوم نہیں کس طرح اس کے خیالات کو پڑھ لیا، بولی۔ "رہا یہ سوال کہ میں نے شادی خان کی موجودگی میں تمہیں بھی اپنے ساتھ رکھ لیا تھا، تو وہ دوسرا زمانہ تھا، یہ وقت اس سے مختلف ہے۔ حاجی پور کو بچانے کے لئے ضروری ہے کہ میں اپنے شوہر مغل امیر کی وفادار رہوں اور میں نے یوں بھی اپنے شوہر سے قسم کھا کے یہ عہد کیا ہے کہ میں زندگی بھر اس کی وفادار رہوں گی۔"

اب محبت خان کے لئے حاجی پور میں کچھ بھی نہ رہا تھا۔ وہ واپسی کے لئے مڑا۔ یخشی نے کچھ سوچتے ہوئے کہا۔ "میں اس افغان امیر کی ضرور شکر گزار ہوں جس نے مغل فرماں روا سے حاجی پور میں میری حکمرانی کو بحال رکھنے کی سفارش کی تھی۔"

محبت خان نے چونک کر یخشی کی طرف دیکھا۔ اس نے اندازہ لگایا کہ یخشی کو واقعی یہ نہیں معلوم کہ وہ افغان امیر محبت خان ہی ہے۔

یخشی کی آواز پھر سنائی دی۔ وہ کہہ رہی تھی۔ "میں اپنے سابقہ تعلقات کی قیمت اس طرح ادا کر سکتی ہوں کہ تمہیں حاجی پور میں کوئی اچھا منصب دے دوں!"

محبت خان نے کہا۔ "نہیں یخشی میں یہاں کسی منصب کے لئے نہیں آیا!"

یخشی نے بے مروتی سے کہا۔ "تب پھر خدا حافظ۔"

یہ کہہ کر وہ تیزی سے مڑی اور چلنے لگی، محبت خان کے جی میں آئی کہ وہ یخشی کو یہ بتادے کہ جس افغان امیر کی وہ شکر گزار ہے وہ خود محبت خان ہے،

لیکن وہ یہ سوچ کر خاموش رہا کہ شاید اب ان باتوں کا وقت نہیں رہا۔ اس نے جانی بھولی بخشی کے جواب میں آہستہ سے کہا۔ "خدا حافظ بخشی۔"

اس کے بعد وہ باہر نکل آیا اور حاجی پور کے قلعے پر الوداعی نظریں ڈالتا آگرے کی طرف روانہ ہو گیا۔

★

تاریخ سے منتخب کردہ ایک اور دلچسپ قصہ

پارسائی کا خمار

مصنف : الیاس سیتاپوری

بین الاقوامی ایڈیشن منظر عام پر آچکا ہے